Les Nuits mélangées

Léa Lescure

Les Nuits mélangées

roman

KERO

ISBN : 978-2-36658-045-7

À Haïga

Quelques minutes d'autoroute encore avant de sortir à Bruxelles. Il explique qu'en venant de Lille, on sait qu'on a quitté les autoroutes françaises à cause des lampadaires. Y en a au moins le double en Belgique. Et c'est pour qu'on puisse voir la Belgique depuis la lune. Lui se marre, satisfait, et elle glousse, par politesse. Ils contournent la gare du Nord par la rue d'Aerschot et ses travailleuses bariolées. Avant, vues du bus, ces silhouettes se fondaient dans les coloris des voitures. Elle les observe maintenant d'un œil complice. Elles doivent avoir froid. Silence dans la voiture. Le boulevard Waterloo est désert, et interminable. Porte de Namur à droite, enfin, puis place Fernand-Cocq. Merci-au-revoir-et-à-bientôt de son meilleur sourire commercial, exactement le même que les soirs de service au bistro. La portière qui claque, le bruit du moteur qui s'éloigne et ses pas qui résonnent sur le pavé.

Six ans auparavant, elle avait enfin passé sa toute première nuit avec Emmanuel, l'amoureux du lycée. Au matin, elle était persuadée que les passants le devinaient en transparence; quelque chose dans la manière de se mouvoir, une radiance, un bruissement.

Elle promenait à nouveau cette sensation avertie – je sais, j'ai vu et j'ai fait. Avant de rentrer, elle fit un détour pour acheter du lait. Elle fouilla avec insistance le regard de l'épicier. Il rendit la monnaie d'un geste distrait, comme à chaque fois.

Des hommes mûrs l'avaient très tôt bombardée de désir avec les yeux. Dès que son âge eut franchi la frontière de la décence, ils l'avaient formulé explicitement. Une, deux, dix propositions gauches, embrayées de baragouins penauds à son refus. Elle avait appris à se mouler dans les œillades, mais traversait encore les mots sur la pointe des pieds. Assaillie, parfois, de l'intuition sourde d'un filon à exploiter. La nuit, au lit, elle avait imaginé la suite mille fois; les paroles, les gestes. Un peu comme faire l'amour avec Emmanuel, et tout le mystère qui entoure la première fois : peur de mal s'y prendre, peur de décevoir.

*

Ce dimanche soir de janvier, il l'avait prise en stop.

— Alors tu fais des études de psychologie, c'est sympa. C'est un long cursus, non ?

— Encore trois ans si tout va bien.

— C'est long, trois ans. C'est pas facile la vie d'étudiant. Moi, j'étais tout le temps fauché, je me rappelle. T'es française ? T'as l'accent.

— Oui.

— Tes parents t'aident ?

— Non, je leur demande rien. C'est mieux comme ça. Mais ça va, je m'en sors. Je fais serveuse parfois, et je bosse la nuit pour une entreprise de nettoyage de bureaux.

— Ça paie bien ?

— Une misère.

Heart of Glass de Blondie à la radio. Au flash info, il baisse le volume.

— Tu sais, tu pourrais gagner un peu de sous, là, maintenant, très facilement. Je t'aide un peu, quoi. Je sais ce que c'est d'être étudiant, pas d'argent pour sortir, pas d'argent pour s'amuser.

— Hmm.

— Ça t'intéresserait ?

— Ça dépend. De quoi tu parles ?

Dis-le.

— Ben, je te file un coup de pouce, comme ça, maintenant. On s'arrête quelques minutes.

Un peu de cash contre… (la voix decrescendo) un service sexuel ?

Finalement, c'est rien. Adieu interdit bancaire, bon vent menaces de la propriétaire. Manon souriait, hystérique, à son pommeau de douche. Elle n'habitait Bruxelles que depuis quelques mois. Aucun de ses copains, étudiants ou pauvres, n'avait de véhicule. Ils ne risquaient pas de se balader sur l'autoroute. Il suffirait de s'y rendre à la nuit tombée : seule, le pouce tendu dans l'obscurité, et les conducteurs comprendraient sûrement d'eux-mêmes. Elle avait hâte de se réveiller et d'aller au café lire le journal.

*

Lorsque le bus emprunta la rue d'Aerschot, les filles n'y étaient plus. Les néons roses étaient éteints. La rue émergeait version diurne : les serveurs optimistes installaient les terrasses, les kiosquiers chargeaient les étals de journaux et les ouvriers jouaient du marteau-piqueur. Des hommes en costard se pressaient vers la gare. Et elle, elle se rendait à l'université.

Sur l'estrade au centre du grand amphithéâtre, le conférencier, chemise à carreaux, mallette souple et coiffure surannée, exposait vaillamment sa recherche. Dans les gradins, une blonde bovine portait au visage les excès de sa veille. Son buste s'affaissait dangereusement vers un voisin joufflu. Indifférent, celui-ci faisait tournoyer de l'index un stylo sur son pouce. Il fixait Manon d'un air énigmatique, elle détournait les yeux en aller-retour. Et s'il l'avait vue, hier, sur l'autoroute ? Et s'il savait ? – pause, elle avala sa salive – et s'il l'avait vue, hier, sur l'autoroute ? et s'il savait ? – en boucle amplifiée. Deux questions, une spirale ; elle ripait. Se souvenir de respirer, dénouer les épaules, regarder ailleurs. Par exemple, cette étudiante chinoise et sa tête menue qui baigne à la surface d'un grand châle bordeaux. Elle pianotait sur un petit dictionnaire électronique et notait avec application des idéogrammes sur un cahier. Toutes les cinq ou six opérations, elle considérait sa page en fronçant les sourcils. Puis levait des yeux interloqués, parfois apeurés, vers le conférencier. Pendant ce temps, la blonde déployait avec brio sa technique du dormir assis. Depuis qu'elle s'était coupé une frange, l'illusion était impressionnante. Elle coinçait son front sur sa main, planquant son visage derrière son poignet. L'équilibre était précaire, mais ça tenait. Le joufflu au stylo martelait une rousse à grandes boucles d'oreilles, qui lui glissait en retour des coups d'œil humides ; et l'heure filait à sa fin.

Enfin rentrée, Manon démissionna par téléphone de l'entreprise de nettoyage. Oui, elle avait trouvé autre chose, non, elle ne comptait pas revenir dans quelques semaines. Dans son petit studio, elle écoutait beaucoup la radio. La maison de maître avait été divisée en logements étudiants, et elle habitait le grenier. Près du ciel, gris à travers le velux, le plafond mansardé façonnait la cabine d'un bateau. Le défilé des nuages emplissait la pièce d'une lumière laiteuse, encore adoucie par la vitre épaisse. Juste en dessous, elle somnolait sur le futon. Une ligne d'héroïne aurait parfait ces heures onctueuses, mais il fallait d'abord payer le loyer. Ses yeux mi-clos détaillaient machinalement les petites moisissures de la poutre en bois. Elle pensait aux sexes d'avant cette nuit en stop. Les sexes cajolés, les sexes pour voir, les sexes amadoués. Même les sexes imaginés. Était-ce les trahir ? Elle les épinglait dans sa mémoire par ordre d'apparition, côte à côte comme une patère. On/off, à l'unisson ou en domino. Où fixera-t-elle ceux qui achèteront leurs droits ? À la suite, ailleurs ? Le transistor crachotait un magma de voix, d'informations et de jingles.

Elle voulut lire. Ses yeux suivaient les mots sans les absorber ; son cerveau s'en apercevait quelques lignes plus bas ; elle revenait au premier alinéa. Elle pensa à profiter de ces billets pour acheter autre chose que des pâtes et des flocons d'avoine, mais le murmure de la bruine contre la vitre conforta sa mollesse. Elle fumait, détendue dans son rien qui n'avait besoin de rien d'autre.

*

Jeudi, 20 h 38.

— Allô, ma chérie ?

— Salut, maman.

— Comment vas-tu ?

— Ça va, ça va.

— Et les études ?

— Ça va aussi. On a commencé la neuropédiatrie. Parfois, c'est intéressant, pas tout le temps évidemment, et je me dis que…

— Ah, c'est bien, ma chérie. Il ne fait pas trop froid à Bruxelles ? Tu mets bien ton écharpe ?

— Hmm. Et toi, ça va ? Et papa ?

— Ton père travaille beaucoup, il a un petit rhume.

Manon dit « Et toi ? », sa mère dit en même temps « Très bien, je vais te laisser ». Il y eut un blanc, puis leur « Je t'embrasse » se superposèrent.

*

Une fête étudiante était prévue à Mons ce soir. Bruxelles-Mons, une heure en voiture. Elle pensait s'y rendre en stop. Ça devint une affaire de chiffres. Des chiffres obscurs : elle mélangeait les francs belges et français, et n'était pas rapide à la conversion. Il devait bien y avoir une déontologie de la profession, une grille des tarifs. Une augmentation en fonction de l'ancienneté. Ou le contraire ?

Mal assurée, elle longea la rue des Plantes vers le quartier des filles. De l'autre côté des vitrines, elles fumaient dans leurs parures en dentelle un tout petit peu trop serrées. Manon réalisa soudain qu'il n'y aurait pas de menu comme au restaurant. Elle fixa fort les vitrines, attendant peut-être qu'un chiffre apparaisse. Elle était campée là, elle fumait aussi. Les regards des filles, d'abord surpris mais engageants, avaient lentement décliné de l'ignorance à l'agressivité. Manon n'osa pas leur parler. Elle décida finalement d'aller se réchauffer au café.

Aux *Sportifs*, il n'y a pas beaucoup de femmes à l'heure de l'apéritif. Les clients charriaient la tenancière du débit de tabac et ses soixante ans de chair molle comprimée dans un corsage léopard. Le café jouxtait une station essence, à l'angle d'une route qui rejoint le ring de Bruxelles en direction de l'A7. Les jambes de Manon tremblotaient. Elle regardait les hommes autour d'elle. Pourvu que ça ne soit pas l'un d'eux. Il fallait qu'elle soit comme une apparition le temps d'un trajet, et qu'ils n'aient jamais accès à l'envers du décor – elle buvant son deuxième whisky au comptoir d'un troquet pour se donner du courage. Et si elle trouvait un prénom à cette apparition ? Elle pourrait inventer le personnage de cette vie secrète, comme une espionne. Avec ses yeux bleus en amande, elle serait une espionne russe. Russe et élégante par exemple, dévalant la taïga en cuissardes de daim noir. Svetlana ? Un peu ridicule. Natacha ? Trop porno. Irina ? Pourquoi pas. Elle ne connaissait pas d'Irina. Irina serait cette héroïne insoupçonnable, hantant les autoroutes d'une fente perpétuellement humide. Dans l'éclair du briquet, elle vit son reflet entre deux bouteilles de liqueur derrière le bar. Avec ses ongles rongés et son bouton sur le front, elle était encore Manon. Elle commanda un troisième verre, l'avala cul sec et partit.

Son pouce perça longtemps un brouillard gras. Une voiture ralentit, pleine de cinq jeunes hommes surexcités et d'enceintes dégueulant de la techno ; elle passa son chemin. Une femme lui proposa depuis sa vitre de l'emmener à Bergen. « C'est gentil, répondit Manon poliment, mais je vais à Mons. » La femme la regarda de travers en articulant bien que Bergen, *c'est* Mons, comme si la logique était infaillible. L'ankylose menaçait ses mains, elle monta dans la voiture :

Manon 1, Irina 0. Sur la plage arrière, deux ados à l'air grincheux ne répondirent pas à son salut. Personne ne se parla pendant trois quarts d'heure; l'espace était tout entier voué à une émission de radio flamande à plusieurs interlocuteurs masculins. Elle fut déposée dans une ruelle de maisons basses en briques rouges, à deux pas de la Grand-Place.

Mons est une petite ville qui se traverse à pied, et la fête était tout près. Un peu hésitante, Manon se posta plus loin, mit du rouge à lèvres et dégaina son pouce. Une voiture freina aussitôt. Elle s'approcha de l'homme seul à son volant en dodelinant des hanches et, d'un air aguicheur, ouvrit la portière. Un sapin parfumeur rouge flottait sous le rétroviseur. Apparemment, l'air aguicheur avait été trop subtil : il allait à Namur et voulait bien l'y conduire. Assise à ses côtés, elle regarda longuement son profil potelé, emmêlant ses doigts entre eux. Elle invoqua en silence la taïga enneigée et y alla tout de go.

— En réalité, je veux rester à Mons mais j'ai très envie de vous.

Il la regarda hébété et elle était consternée. Le vocabulaire entre copines s'était débridé aux premiers poils sous les bras. En vrai, il avait fallu deux bonnes années pour oser murmurer « baise-moi » à Emmanuel. Et là, sa voix aurait pu concourir au grand prix des bonnes manières. Il faudrait boire un peu plus. Il la dévisageait dans le rétroviseur.

— Comment tu t'appelles ?

Qu'est-ce que ça changeait ? Mais il mordait. Il ne la sortirait pas de la voiture.

— Irina, et toi ?

— Oui, je veux bien… Tu veux… tu es une pro, toi ? Comment on fait, tu n'as pas l'air, hein… Tu veux aller chez toi ou à l'hôtel peut-être ?

— On peut aussi se garer dans un coin tranquille.

Ils longèrent la petite rivière de la Haine jusqu'à la bourgade de Jemappes. La neige, en rase campagne, recouvrait les sols. Il balbutiait timidement à propos du temps et des récoltes abîmées de son frère agriculteur. Ils passèrent un pont au-dessus de la Trouille, un affluent de la Haine, et il se gara sur le bas-côté. On apercevait au loin les lumières de Mons, perchée sur la colline.

Gêné, il sortit son portefeuille et tendit plusieurs billets froissés. Elle les fourra rapidement dans son sac. Le regard fixement accroché à l'horizon, il monta d'une main le chauffage. Manon palpa sa cuisse jusqu'à sa braguette et libéra une bite toute molle. Elle ôta sa ceinture, ses chaussettes et son pantalon, et grimpa sur lui à califourchon. Il attrapa ses fesses, appuyant par mégarde sur le klaxon. Ni l'un ni l'autre ne rigola. Il malaxait son cul comme de la bonne pâte, et elle se secouait contre ses vêtements en couinant. La manivelle de la portière brûlait sa cuisse à force de frottements. Le chauffage tournait à fond et les vitres étaient recouvertes de buée. Manon déchira l'emballage de la capote et souleva son pull pour exposer ses seins. Il les effleura, puis les prit de deux mains voraces pour les pétrir comme avant ses fesses. Un début d'érection souleva légèrement son gland. Elle y colla sa culotte. L'érection disparut. Elle n'avait jamais eu à faire, en situation, à un pénis flasque, et n'osait pas le toucher. Ils recommencèrent plusieurs fois l'opération : les yeux clos et ses seins en mains, il se raidissait un peu; elle s'approchait et il s'affaissait. À chaque fois, Manon approchait le préservatif, puis se ravisait devant le pénis rabougri.

D'un geste, il la repoussa contre le siège passager. Sa hanche heurta le levier de vitesse. Il lui demanda de dégager. Il fallait qu'il rentre. *Ramène-moi à Mons, c'est la moindre des choses; il fait froid et c'est loin*. Voilà ce qu'elle aurait voulu dire. Elle se rhabilla silencieusement et sortit en vitesse.

*

Jeudi, 20 h 41.

— Allô, ma chérie.

— Bonsoir, maman.

Elles produisirent une conversation. Avant de raccrocher, Manon dit avec précipitation :

— Les deux prochaines semaines, ce sera moi qui t'appellerai, d'accord? Ce sont les vacances de février, j'en profiterai pour étudier tard à la bibliothèque. Je te passerai un coup de fil quand je pourrai.

— Très bien, ma chérie. N'attrape pas froid.

*

Le car approchait de Paris et Manon subissait aux coins de la gorge une sensation métallique. C'était son premier retour. Après le désamour bienveillant avec Emmanuel, il y avait eu S., ce prénom lacrymogène. Huit mois de lui, et huit mois depuis lui. À cette pensée, elle fit un bond au fond d'elle, comme la chute en sursaut qui termine parfois un rêve. Selon une logique mathématique, elle aurait dû être quitte.

Un regard comme un électrochoc et Manon, liquéfiée, avait su que leurs vêtements s'emmêleraient bientôt au sol. Dans l'ascenseur, elle avait pleuré, ri et hoqueté en même temps. Du coup, elle bavait un peu, en baptême de ce qu'elle était alors incapable de nommer. Le mot « passion » contient déjà sa fin, et c'était inconcevable. S. immobile, un tout petit peu en elle. Elle l'enserrant, palpitant tout autour. Les mots ailleurs salaces comme des perles de tendresse et le désir affamé qui perfore les pupilles. Soupirs timides et caresses convenues, d'abord, puis l'absurdité nerveuse des peaux ahuries par tant de connivence. Tous les gestes à réinventer. La bascule était advenue un jour de grand soleil. Tripotant son alliance, il avait dit stop, elle avait refusé. C'était arrivé plusieurs fois. Ils n'arrivaient pas à se défaire et ils en pourrissaient, crescendo dans le dégoût. Et dans le plaisir, par effraction d'eux-mêmes. Elle revit la stupeur sur son visage, scandalisé par la puissance de sa propre jouissance. Il répétait « C'est pas possible, c'est pas possible » en s'enfonçant en elle, comme si la dignité était à chercher à cet endroit-là. Elle lui en avait voulu. De seize ans son aîné, il aurait dû être en mesure de la guider hors de lui. Il ne s'en sortait pas mieux : elle évacuait brutalement l'utopie de la hiérarchie des âges. Puis les mots de non-retour, et la politique de la terre brûlée en dernier recours. Ils avaient encore essayé, mais ces mots-là étaient irrécupérables.

Tous les lieux meurtris avaient continué à exister. Elle avait caressé d'autres hommes, rageusement, comme un médicament. Ce corps-ci, celui-là, qu'importait au fond : ça n'était jamais le bon. Chez elle, prostrée, les heures s'étaient noyées dans son plafond. Elle s'était sauvée à Bruxelles.

Olivier la cherchait des yeux à la gare routière de Paris-Gallieni. Il avait un nouveau look, des cheveux rasés de près et un blouson de cuir écrasant une masse musculaire que Manon ne lui connaissait pas. Elle lui sauta dans les bras en lui grattouillant les oreilles, et il fit mine de se défendre avant de l'assaillir de chatouillis, la taille coincée sous son aisselle. Il n'avait pas perdu la main. Il parlait avec un tic nouveau d'un coin des lèvres, ponctuant ses phrases par un bruit mouillé.

Au début, expliquait-il, il s'ennuyait tellement en prison qu'il cantinait des pots de confiture à s'enfiler par grosses cuillerées devant la télévision. Puis, il avait découvert l'espace musculation. Bien sûr, avec quelques ajustements, il avait continué son trafic. Faire passer en taule, ça coûte un ou deux matons à soudoyer, maximum. Du coup, il avait une place de choix au réfectoire. Non, finalement trois mois, ça passe vite. La seule vraie misère, il pouvait bien le lui dire, c'est la peau : aucun contact, pas d'odeur de femmes, les soirées glauques à regarder en groupe les films cryptés sans décodeur. Mais c'était derrière, maintenant il était super content qu'elle soit là et il avait plein de boulot pour elle. Ça n'était pas trop grave, ses problèmes d'argent ? En deux semaines, ça serait réglé, il le lui assurait, ils verraient ça à la maison.

Rue Marcadet, l'intérieur de l'immeuble était d'un charme insoupçonnable derrière la façade maussade en bord de caniveau. Au deuxième étage, une passerelle fleurie surplombait la cour pour mener à deux paliers serrés. À gauche était celui d'Olivier.

Le petit deux-pièces croulait d'étagères pleines, un vrai foutoir. Peu de livres, beaucoup d'objets et de cartons, plusieurs sièges autour d'une table basse en plexiglas. Sur l'un d'eux, un homme au cou de taureau, un petit diamant à l'oreille droite. Son crâne luisait, fermement enfoncé sur une mâchoire carrée. Olivier présenta : voici Daniel, son voisin ; Manon, son amie d'enfance, sa sœur de lait, presque. Daniel posa un regard sévère sur Olivier, puis dit sans défroncer les sourcils :

— Bon, Olivier t'expliquera, tu vas nous faire le paquetage. Tu feras ça la nuit, ici. Tu peux saupoudrer pour toi, mais attention, juste un peu; c'est pesé, gaffe à ta gueule si jamais. Une nuit sur deux, et trois-quatre heures, ça devrait te suffire. Le premier lot est là. Ce week-end je prends le train, à mon retour tu t'y remets.

Quelques bières à attendre la tombée de la nuit, à trois. Des coups légers résonnèrent à la porte d'entrée : Manon ébahie découvrit le plus gracile des garçons. Le regard alerte, il la devança.

— Ma mère est vietnamienne, mon père colombien.

Elle bafouilla « Beau mélange », il minauda qu'il n'y était pour rien, puis Daniel et lui changèrent de palier. Manon nota avec surprise la maigreur des jambes de Daniel sous son buste massif.

Olivier quitta enfin son visage de petite frappe. Il pouvait se donner tous les genres du monde, Manon s'attendrait toujours à ce qu'il se retourne pour faire un-deux-trois soleil. Il fanfaronnait : il marchait sur les mains pendant douze secondes, c'était une de plus que l'année dernière. Est-ce qu'elle voyait bien? Qu'elle chronomètre! Il avait appris à faire le tour de lui-même avec ses bras en corde à sauter, déboîtant ses épaules l'une après l'autre. Manon grimaça au son sec des articulations, avant de se lever. D'un air de défi, elle se laissa lentement tomber en arrière pour atterrir au sol, en pont. Bof, ça, elle le faisait déjà en CM1. D'une impulsion, elle se redressa en un élan des abdominaux et sans pousser sur les bras. Ah ! là, ouais, il était époustouflé. Ils entendaient Taureau et Gracile s'aimer de l'autre côté du mur.

Le jour se dissipait, Olivier se raidit. Armé de sacs-poubelles noirs et de ciseaux, il plaça un grand miroir rectangulaire sur la table basse et édicta : toujours fermer les fenêtres, les rideaux et le verrou ; ne jamais ouvrir, Daniel et lui avaient les clés. C'était élémentaire : froisser entre le pouce et l'index un petit bout de sac, découper autour, ça formait un rond. Il en fit un second. Soulevant le clic-clac, il sortit la balance et le sac Prisunic, saisit deux cartes de visite sur une étagère, remplit de coke un rond de plastique, le déposa sur la balance, en retira un peu, voilà c'était bien comme ça, entre 1 et 1,1 en comptant le poids du plastique, surtout pas moins. Il tournicota les extrémités, enveloppa le petit paquet de l'autre rond, fit un nœud qu'il serra à l'aide de ses dents et hop, rien de compliqué, mais à la longue c'était chiant. Elle ferait mieux de commencer maintenant, lui allait faire la tournée, il rentrerait dans quatre heures environ.

Manon alluma le téléviseur et se mit à la tâche comme sa mère ferait le repassage. C'était minutieux. De temps en temps, elle grattait les cartes entre elles ou le miroir et sniffait un trait devant un documentaire animalier. Après soixante-quatre petits paquets, elle avait des crampes aux doigts quand la clé tourna dans la serrure. Elle frissonna de panique, ou de speed. Gracile emplit la pièce de sa beauté, deux bières à la main.

Il avait vingt-cinq ans, il aimait bien Daniel. Bien sûr, il se faisait payer, mais il l'aimait bien. Lui, il insista, lui, avait un vrai travail, pas comme, puis il secoua la tête. Manon s'en voulut de soudain trouver son corps toxique. Elle sentit que demander son tarif eût été inapproprié, sans savoir pourquoi. Il dessina deux longues lignes qu'ils s'enfilèrent joyeusement. Elle zappa sur la chaîne des clips et ils se mirent à danser ; elle n'était pas épaisse mais il était beaucoup plus fin. Dans le reflet d'une glace, elle se surprit les bras levés et l'air idiot mais réjoui. Ils dansaient en se souriant. À un moment, il s'arrêta et partit.

Chaque jour en attendant la nuit, un ou deux garçons venaient chez Olivier, en antichambre de l'appartement de Daniel. Gracile, le plus séduisant haut la main, était venu plusieurs fois, la nuit aussi. Ils avaient dansé. Elle passait un soir sur deux à empaqueter, l'autre sur le scooter avec Olivier.

Elle téléphona à sa mère chaque jeudi, prétendant être à Bruxelles. Deux semaines passèrent sans remous, les narines anesthésiées du lever au coucher. Elle avait visité des cuisines de restaurants, des appartements bourgeois, des garçonnières, les deux bois furtivement, la sortie des clubs sur les Grands Boulevards et même la mairie du XIIIe arrondissement par une nuit de pleine lune. En plus de son salaire, Olivier avait glissé un billet « Pour se refaire », et trois pilules décorées d'un visage souriant « En pourboire ». Ils avaient ensuite rejoint Daniel au karaoké. Il chantait *Gigi l'Amoroso*, les yeux embués.

*

Bruxelles était grise, les salles d'examens à l'université aussi. L'impression pénible d'être une otarie jouant du ballon ne la dessaisissait pas.

Elle décréta l'autoroute peu concluante, et composa le numéro d'une annonce dans un journal gratuit. Elle se souvenait de son premier salaire de serveuse en solde, mais qui l'ignorait, et détestait l'idée de se faire arnaquer. Un bip, suivi d'une voix calme sur le répondeur :

« Ici, le *Cheval de Feu*, cabaret de luxe. Pour les candidatures au poste d'hôtesse, merci de vous présenter directement au 4, rue Louvain à vingt-deux heures précises. Munissez-vous d'une robe courte, de jolis dessous et d'une paire de talons. Et de votre plus beau sourire, ah, ah, ah ! Vous devez impérativement présenter vos papiers et être en règle avec l'administration. »

La robe écarlate achetée sur le parvis Saint-Gilles arrivait mi-cuisse, et Manon se trouvait indécente. Elle arracha d'un coup sec la cire des jambes, des aisselles et du maillot, mordant très fort un tee-shirt à cette dernière étape. Elle tergiversait – y aller, ne pas y aller. En vérifiant une fois de plus la symétrie de son maquillage, elle pensa qu'elle n'avait quand même pas fait tout ça pour rien.

Sous l'entrée prétentieuse et son store à bordure dorée, une plaque de cuivre sur les vitres fumées proclamait l'établissement privé. Par le sas entrouvert, Manon discernait du *Cheval de Feu* un bar, des tabourets, et plusieurs couloirs. Des néons violets, du velours rouge. Un jeune homme hyperactif discutait le prix de la livraison d'alcools. Il lança un « Bonsoir, jolie demoiselle » plein de dents. Elle entra, suspicieuse. Oui, pour l'annonce ; Manon, c'est bien ça ; non, elle n'avait jamais travaillé, mais oui, elle voulait bien qu'il explique. Elle resta perplexe à l'invitation à se détendre.

— C'est pas compliqué, il faut que tu saches où tu es la meilleure. Tu danses ?

— Euh... oui, parfois.

— Non, je veux dire, tu danses ? Minette, tu débarques, toi. Les filles vont bientôt arriver. La plupart font les strip-teases, d'autres la discussion et les privés, en haut. Pour résumer, en général les danseuses donnent moins mais gagnent moins, et les hôtesses encaissent le tout. Je précise en général parce que j'ai vu des filles aligner plus en strip-tease, mais elles savaient vraiment y faire, ouais. En tout cas, celles qui font les deux, c'est bingo. Après, c'est chacune comme elle le sent ; j'en connais, ça les dérange plus de danser en tango...

— Vous voulez dire en tanga ?

— C'est ça. On n'est pas au cabinet d'avocats ici, on se tutoie. Les vestiaires sont en bas de l'escalier à droite. Au fait, moi, c'est Pascal.

Il s'affaira derrière le bar. Manon regarda ses pieds se balancer du haut du tabouret, puis descendit aux vestiaires.

L'annonce stipulait un poste d'hôtesse, et elle n'avait pas bien compris, après la tirade de Pascal, s'il fallait danser. Elle écarta du pied la bouilloire électrique et des tubes d'aspirine pour onduler seule face au miroir. Pour résister au désagrément du capiton léger sous la lumière crue, elle produisit sa version très labiale d'une moue sexy. Ronds d'hébétude, ses yeux n'accordèrent franchement pas l'approbation érotique qu'elle espérait. Elle haussa les épaules ; advienne que pourra. Suspendues à des cintres, les tenues décomplexées en skaï, latex, vinyle et résille raillaient sa robe rouge. Les quelques boas, perruques et casquettes de policiers n'étaient pas du tout à la hauteur de l'imaginaire stimulé par l'appellation « cabaret ». Manon se demandait ce qu'allait bien révéler « de luxe ».

Des talons cognaient l'escalier en bruit étouffé. Une rouquine dépoitraillée et une Maghrébine au brushing radical la saluèrent placidement. Elles n'étaient pas jolies ; Manon en fut rassurée. Alors c'était elle la nouvelle, ça irait, qu'elle ne s'en fasse pas, en attendant il fallait ravaler les façades – rire las du bon mot trop usé. Elles se recouvraient de grosses lampées de fond de teint et de poudre, derrière les cuisses aussi. Manon força un peu le noir sur les yeux, observant en coin leurs minirobes à bretelles et leurs sandales clinquantes.

Pascal souriait carnassier.

— C'est quoi cette robe ? On attend que Justine et Sabah remontent et tu vas danser, ce sera ton essai.

Il pointa un podium troué d'une barre verticale ; elle lorgna fort la sortie. Quatre vodkas en enfilade, et elle se cramponnait à la barre sur *Voyage, Voyage*. Heureusement, il n'y avait pas de clients. Pascal la fixait en plissant le front, les filles la dévisageaient d'un air accablé. Le podium était cerné de miroirs, et son visage tendu la surprenait partout. Elle défit laborieusement sa robe sur *Macumba*. Chaque minute déroulait une éternité. Que faisait-elle là, déjà ? Elle n'eut pas le temps d'y penser, prise en lutte par son soutien-gorge qui refusait de se défaire. Elle finit la chanson les mains derrière le dos, le visage très crispé. Sous des applaudissements mous, elle ramassa sa robe à la hâte et descendit en cow-boy la marche haute du podium. Deux secondes durant, elle se félicita d'avoir été stable sur ses talons, c'était déjà ça, avant le ressac en volte-face : si c'était là son atout majeur, elle était quand même loin du compte. Les filles lui tapèrent charitablement sur l'épaule. Elle disparut au fond de la salle et Pascal, agacé, cria plusieurs fois « Irina » avant qu'elle ne s'y reconnaisse. Elle était à l'essai, oui, mais peut-être valait-il mieux qu'elle se contente d'observer ce soir.

Six autres filles arrivèrent au compte-gouttes, filant décaties vers les vestiaires pour en remonter rutilantes. Pendant trois heures, tout le monde fuma beaucoup de cigarettes en assurant à Manon que les clients étaient imprévisibles, qu'ils débarqueraient à tout moment. Les bourrelets rebondissaient des strings ; Pascal avait les dents vraiment très blanches. Les filles discutaient au bar d'untel et d'un autre. Quand Manon interférait leurs regards, elles souriaient vaguement, avec condescendance.

La salle du bar comptait trois podiums individuels et des tables éparpillées sur des tapis de moquette. Un couloir menait à une grande pièce triste d'être vide, sa large scène défiant six tables. De part et d'autre, deux escaliers menaient à cinq salons privés à l'étage. Ils se ressemblaient tous : un canapé de velours mal éclairé, deux tabourets et une table basse. Sur le ton de la confidence, Pascal apprit à Manon que les privés n'accueillaient en principe que des danses un peu plus osées. Il sous-entendait qu'autre chose était possible, mais restait évasif sur la nature de cette autre chose. Manon trouva judicieux d'ajouter : « T'as l'impression que je suis née ce matin ? », et il répondit sèchement que la loi interdisait la transaction sexuelle, définie par la pénétration. Le reste regardait l'employée. Au rez-de-chaussée, à gauche d'un escalier, un corridor accédait à un immense bocal en plastique, vide et entouré de chaises. C'était pour le water show qui, déplorait Pascal, n'était plus programmé qu'une fois par mois. Ça n'était plus ce que c'était.

Dans un sursaut, il planqua son kebab derrière le bar et monta la musique. Les filles rentrèrent le ventre, Sabah se jeta sur le podium, attrapant la barre pour s'y pendre tête en bas, jambes croisées et regard mouillé. Un Pakistanais avec un gros sac franchit la porte. Chacun stoppa net son élan pour se rasseoir, visiblement contrarié. Pascal réprimanda le portier, un Russe obèse : il aurait dû utiliser leur code. Il s'agissait d'un vendeur de tenues. Les filles encouragèrent Manon à choisir un négligé mauve ourlé de perles. Elle pourrait payer la semaine prochaine.

Un client entra enfin, seul. Sabah se propulsa en une série d'acrobaties qui se terminaient immanquablement en grand écart ou à quatre pattes. Manon, mortifiée, lui sut gré de ne pas avoir commenté son essai. L'homme commanda une bouteille de champagne et invita Justine. La moquette absorbait les coupes qu'elle y vidait discrètement, paralysant les yeux de l'homme par un regard de chatte. La bouteille fut rapidement tuée, aux bons soins de Justine, et la deuxième les conduisit à l'étage. Sabah lâcha la barre en s'ébrouant ostensiblement. L'homme quitta le club une demi-heure plus tard avec un sourire nigaud.

Vers quatre heures du matin, tout le monde somnolait sur un fond de Jacques Brel quand une dizaine d'hommes débarquèrent, entraînés par trois superbes Maghrébines. « Des hôtesses volantes », souffla Pascal, visiblement ébloui par l'une d'elles.

Une silhouette athlétique se détacha du groupe et fonça sur Manon, l'air de savoir mieux que personne.

— T'es nouvelle, toi, je t'ai jamais vue.

Manon acquiesça.

— Comment tu t'appelles, ma belle ?

— Irina.

— Enchantée, Irina. Moi, c'est Valérie.

Elle roulait fort les *r*. Manon la dévisagea. Des cheveux très noirs et très frisés encadraient son teint miel sombre.

— Valérie ?

— Ouais, Valérie.

Manon se demandait si elle se foutait d'elle. Elle cherchait une réplique ambiguë qui laisserait entendre qu'elle avait compris la blague, si jamais c'en était une. Elle n'eut pas le temps de trouver.

— Pourquoi, tu crois que t'as l'air slave, toi ?

Valérie, donc, éclata de rire.

— J'ai un bouffon qui m'attend, là-bas. Je reviendrai te voir.

Elle caressa l'épaule de Manon.

— À plus tard, ma belle.

Manon, à nouveau seule, vaquait d'un coin à l'autre sans savoir quoi faire. Les poitrines élimaient les costards, les jambes paradaient sur scène et les cravates socialisaient entre elles. En surimpression des rires gras et stridents, ce petit monde pérorait le mot « champagne ». Champagne tonitruant, champagne timide, champagne miaulé. Un homme tira Manon de sa transparence. Les coupes qu'il lui offrait contenaient de la limonade colorée. Il la complimenta, lui prit la main, parla pêle-mêle du bureau, des déjeuners et des travaux sur la chaussée, reprit sa main et la complimenta à nouveau, jusqu'à ce que son ivresse prenne le dessus et le reconduise chez lui.

Le crépuscule dégarnit d'une traite le *Cheval de Feu*. Pascal distribua l'argent. En plus d'un salaire fixe, à chaque fille revenaient les pourboires de ses danses et le tiers de ses consommations. Aux vestiaires, Manon se félicita d'autant d'argent pour si peu d'efforts.

Valérie la regardait se changer.

— Ça te va pas du tout, ce pantalon.

Manon, exténuée, ne réagit pas. Valérie vint se tenir juste derrière elle.

— J'ai dit, ça te va pas du tout, ce pantalon.

Dans le miroir, Manon la regardait fixement.

— Voilà, t'es pas mal quand tu fais la gueule.

Un sourire s'esquissait comme des cuisses qui s'entrouvrent.

— Alors, tu viens boire un verre chez moi ?

Manon déclina. Valérie effleura la naissance du sein par-dessous son aisselle.

— T'inquiète pas, ma belle, je te laisserai le droit de changer d'avis.

Manon s'engouffra dans les escaliers. En partant, Pascal lui dit « À demain ».

*

Jeudi, 19 h 02. Le téléphone sonna. Cet horaire était inhabituel.

— Hallo, liebling.

C'était la voix de son père et la mélodie hachée de son Berlin natal. Manon prit peur. Était-il arrivé quelque chose à maman ?

— Ta mère est partie en ville dîner avec son amie. Elle m'a chargé de t'appeler. Est-ce qu'elle t'a parlé de l'anniversaire de ta tante ?

— Non. Quelle tante ?

— Sa jeune sœur, Christine. Pour ses cinquante ans, elle organise un grand raout en Bourgogne, au château. La fête aura lieu début juin. Nous avons pensé que tu pourrais y assister.

— C'est une bonne idée, papa. Mais c'est dans trois mois.

— Oui, mais tu connais ta mère. Allez, bonne soirée, ma fille.

Ses baisers tirés en plein vol.

*

Elle retourna au *Cheval de Feu* trois fois par semaine. Puis quatre ou cinq fois, après tout, elle n'avait rien d'autre de prévu. Les podiums accueillaient tout type d'habileté. Celle-ci s'enroulait le long de l'acier et se laissait choir comme une feuille glisse au sol. Celle-là posait le talon en face de ses hanches et se rapprochait d'un coup, étirant un grand écart. Cette autre posait son dos le long de la barre, et l'enfermait de ses fesses en les faisant frémir. C'était du plus bel effet, même si les suivantes ronchonnaient de ne pas toujours avoir le temps de désinfecter l'inox avant de s'y suspendre. Manon les admirait avec envie. Elle aurait souhaité leur demander de lui apprendre, mais leurs regards dédaigneux suffisaient à la retenir.

D'une nuit à l'autre, des filles venaient, des filles partaient. Elles se connaissaient toutes, au moins par ouï-dire. Manon pressentait plusieurs hiérarchies croisées, mais ne savait pas dans quel sens les orienter. Entre les filles qui vont en salons privés et les strip-teaseuses exclusives. Entre les filles qui vont en privés et qu'on suspecte de baiser et celles qui n'y baiseraient pas. Entre les Marocaines, la Congolaise, les Polonaises et les Portugaises, entre les anciennes et les novices, entre celles qui se droguent et celles qui boivent. Tout ça était très mystérieux et, pour éviter les impairs, Manon restait dans son coin.

« Et maintenant, messieurs, la délicieuse, la sensuelle, la sublime Irina », vociférait Pascal dans le micro d'un ton d'animateur de supermarché. Elle grimpait nerveusement sur le podium. Quelques nuits l'affranchirent de sa nudité dans les miroirs crasseux – elle était la plus fraîche, Pascal le lui disait souvent, elle se le répétait si nécessaire. En deux semaines, elle avait élaboré une chorégraphie basique qu'elle exécutait bravement, évitant de croiser les yeux menaçants des filles.

Gérer les regards masculins était plus délicat. Les hommes de loin étaient décourageants, les hommes de près étaient intimidants et au milieu, Manon remuait son impression tenace d'être déplacée. Vus du podium, ils faisaient souvent la gueule. Était-elle si mauvaise ? Ils pourraient au moins sourire. Elle se mit à leur place. Elle pensa aux spectacles auxquels elle avait assisté. Quand elle les appréciait, grimaçait-elle aux acteurs pendant qu'ils jouaient ? Faisait-elle la ola à chacun de leur passage ? Levait-elle les deux pouces pour marquer son plaisir ? Non. Les gens ne font généralement pas ça. Au cabaret non plus.

Elle n'avait jamais assisté à un strip-tease avant. Elle supposait que les spectateurs, voulant être bien placés comme au théâtre, s'approchaient de la scène pour mieux percevoir une courbe, un pli, éventuellement une odeur. Pas du tout : les hommes de près cherchent des regards qui ne seraient adressés qu'à eux. Des œillades de salope droit dans leurs yeux implorants. Un genre difficile à distribuer à des inconnus sans se sentir grotesque, sauf en état d'ivresse avancée. Manon, en Irination, aurait bien opté pour cette solution. D'autres le faisaient, et ça ne perturbait pas leur voltige à la barre. Mieux valait ne pas prendre le risque. Elle s'inspirait de ses collègues. Les visages fermés décrédibilisaient le plus excitant des corps; les airs de chiennasses n'en faisaient jamais trop; il ne fallait pas redouter le cliché. Une fois assimilé, se fondre dans un cliché est plutôt rassurant : tout est convenu d'avance. Les gestes sont écrits, les interactions codifiées, et l'argent fixe un cadre, qu'on le donne ou qu'on le reçoive. Elle s'entraînait le jour dans sa salle de bains jusqu'à ce que son reflet ne la fasse plus pouffer. Elle s'améliorait et décochait à la demande les regards abrasifs. Des regards abrasifs, finalement, de solidarité : les clients aussi se réconfortaient dans ce cliché. L'appétit, c'est vrai, vient en mangeant; on enfourne une cuillerée, on mâche sans conviction et l'estomac finit par croire à la faim. Sur le même principe, elle roulait du string en feignant les yeux chauds et se demandait parfois si elle faisait encore semblant.

Il était quatorze heures passées. La nuit courte et sans rêve s'estompait lentement, abandonnant Manon au crâne comprimé des lendemains ensuqués. Le pschitt de l'aspirine et le gargouillis de la cafetière italienne retentissaient, envahissants. Pour la forme, Manon déplora l'heure tardive : elle avait encore loupé le cours en amphithéâtre.

Frotter ses yeux ne suffit pas à évacuer les bribes d'images de la nuit. Dès le réveil, sous la blancheur du ciel, c'était agressif. Elle secoua la tête mais c'était douloureux. Elle avait huit heures devant elle. Lire demanderait trop d'efforts, radio, musique et film feraient un vacarme pénible, le musée serait éreintant, et le ménage aussi. À cette heure, les copains qu'elle aurait pu appeler pour tuer le temps étaient à l'université ou au bureau. Les pauvres. Elle s'enfonça dans un bain chaud.

Elle traîna son jogging jusqu'au café d'en bas, les cheveux encore mouillés. Deux hommes la caressaient du regard, un autre lui souriait. Qu'ils aillent se faire foutre, elle était en congé jusqu'à vingt-deux heures. La télévision diffusait des images de l'actualité belge que Manon comprenait un peu mieux grâce aux clients du cabaret.

Pascal avait insisté : il fallait les faire boire, et la meilleure manière était de les faire parler. Parler, oui, mais de quoi ? D'elle, ça ne les intéresserait pas. D'eux, ils ne venaient pas pour ressasser leur vie. Au début, naïvement, elle discutait à la manière du jour, relevant des paroles et lançant des débats. Les clients l'évinçaient pour continuer à boire avec un autre string. Elle comprit grâce à un quadragénaire maniéré, un roc de chair compacte et de cheveux teints. Il avait pris la peine d'avoir l'air choqué alors qu'elle dissertait sur Heiner Müller. Ainsi, les filles des bars auraient cette vie secrète où leurs yeux s'usent à d'autres fins que d'aguicher les hommes. Il partit comme les autres au prochain tabouret se distraire des gloussements d'une blonde superbe.

Les clients aimaient qu'elle les place délicatement dans la position avantageuse de celui qui raconte et qui sait. Irina faisait la moue et posait, ingénue, des questions sur la politique agitée de ce petit pays. Quand elle sentait qu'elle les perdait – la politique n'est pas un sujet aphrodisiaque et il fallait maintenir l'ambiance dans un voile de sensualité –, elle leur demandait de lui apprendre un peu de flamand. Les seuls mots qu'elle connaissait étaient cochons ou insultants.

Il crachotait une pluie invisible et diffuse qu'on ne sent pas tomber mais qui colle à la peau, vêtements et cheveux. Manon déambulait, toujours enfarinée, sur la chaussée de Wavre. Elle entrait dans les boutiques pour acheter des sous-vêtements, des crèmes et du maquillage. Elle avait l'impression agréable de conquérir une féminité jusque-là mal acquise. D'ailleurs, elle prenait rendez-vous chez le coiffeur sous le nom d'Irina.

L'écho de ses pas s'égarait au loin sous la verrière de la galerie des Princes. Elle fouinait au rayon histoire de l'art de sa librairie favorite. Elle sortait un livre pour le feuilleter, le mettait de côté, changeait de rayon, en choisissait un autre et replaçait le précédent. Il y avait d'autres flâneurs, debout et concentrés, disponibles au temps et à sa longueur pour parcourir des livres en librairie un jeudi après-midi. Elle les jaugeait, souriant à elle-même ; ils avaient une vie, elle en avait deux.

Elle se dirigea vers le plus âgé des vendeurs, planqué derrière ses lunettes à côté de la caisse. Il leva les yeux et lui adressa un sourire, prêt à se retrancher derrière un « Bonne journée ».

Elle désigna un livre, quelle jolie mise en page. Ça marchait bien les affaires? Couci-couça, suivi d'un lieu commun sur lequel elle rebondit. Ah oui? Ah bon? Comment ça? Il en était maintenant aux réseaux de distribution. Elle n'était pas mauvaise, mais il restait courtois. Il fit un trait d'humour, elle déploya sa gorge. Il fallait avant tout qu'il lâche l'arrière-plan et focalise sur elle. Au cabaret, à l'arrière-plan, il y avait d'autres filles. Elle s'arrangea pour frôler son poignet en regardant ailleurs, laissant possiblement croire à une maladresse. Voilà, elle avait aplati le fond de la librairie entre ses deux épaules. On basculait de registre. Et les horaires, pas trop contraignants ? Ils fermaient tard le week-end, oui, elle venait souvent. Elle creusa son regard et plongea dans le sien, il pouvait entrevoir une brèche d'intimité. Il sembla surpris. Trop flagrant? Elle fit machine arrière, laissant le silence venir, contemplant un présentoir. Il relança. Et ce livre, elle connaissait ? Maintenant, il s'impliquait, elle pouvait l'épingler. Elle le fit parler, prenant un air songeur, celui d'une rêverie où il pourrait venir. Elle laissa filer les instants. Souvent elle galopait, un peu trop directe; peu pouvaient la suivre, lui ne le pourrait pas. Elle se taisait toujours. Il crut qu'elle dérivait. Elle lut sa panique : il flairait à peine un plan que déjà il le foirait. Il voulut l'accrocher, vite. Et ça ? Et ça ? Et celui-ci ? Il était à point. Elle le laissa courir. Puis dégaina. Sans lâcher son regard, elle effleura son doigt en saisissant un calendrier. Il tressaillit. Ses yeux n'allaient plus nulle part. Il prononçait sa phrase sans écouter les mots, alourdissant ses paroles d'une sollicitude exagérée. Il souriait différemment, légèrement torve. Elle y était. Il la suivrait sûrement dans un salon privé. Il enleva ses lunettes d'un geste ralenti, et lui tendit une perche. Il y a une dédicace ici la semaine prochaine, vin rouge et cacahuètes. Elle soutint son regard quelques secondes de plus. Il était tout acquis, elle exultait. Elle haussa sa voix, désembua ses yeux, son mari serait là, elle ne pourrait pas venir. Avant qu'il ne dégringole, elle se précipita. Merci, au revoir et à bientôt.

L'odeur salée de l'asphalte mouillé prenait aux narines. Il pleuvait à gouttes épaisses sous un ciel encombré. Manon imita les marcheurs, impassibles. Pourtant, les pneus crissants arrosaient ses chevilles à leur passage, et ça incommodait Manon. Sans y penser, elle tendit la main à un taxi qui passait. Dépenser avec désinvolture était amusant.

Dans la cage d'escalier, Manon croisa le regard absent d'un voisin, sans doute embourbé dans les révisions des partiels. Des cris d'enfants parvenaient de l'immeuble mitoyen. Manon fumait de la coke dans sa salle de bains en attendant la météo marine à la radio. Fidèle au rendez-vous, chaque soir ou presque, subjuguée par la mélopée suave et insensée chuchotée à son oreille. Dans l'arène de Cantabrico, Viking ou Cromarty, les dépressions se creusent et se décalent, en cours ou prévues. Les vents mollissent et les rafales se nouent. La mer devient forte, et parfois grosse.

20 h 46. La sonnerie du téléphone. Manon imagina sa mère assise sur le fauteuil, les mains encore humides des assiettes rincées avant de les ranger dans le lave-vaisselle. Il y aurait sur la table basse le bouquet de fleurs hebdomadaire, et des piles de *Elle* et du *Monde diplomatique*. Plus tard, sans doute, son père fumerait la pipe près de la cheminée, s'endormant sur un traité de géopolitique. Sa mère serait au lit, après une longue toilette. À quoi pouvait-elle bien rêver, dans sa grande maison blanche ? Manon ne décrocha pas.

*

Attention à la pascalade, c'est un client mystère, avait discrètement averti Becky. Becky portait sa splendide quarantaine en fière doyenne des employées. Elle était la seule Noire du cabaret. Quand une autre peau d'ébène se présentait à l'embauche, Pascal pointait Becky et se désolait sincèrement : « On peut pas te prendre, on n'est pas un club spécialisé. » Une Noire, deux Asiatiques, trois Maghrébines, Pascal avait ses quotas qu'il estimait privilégiés, parce que dans les clubs spécialisés, les prix sont moins élevés. Les filles ne mouftaient pas, rompues aux deux facettes de l'exotisme et du racisme. Sabah faisait la danse du ventre, Jade venait en kimono. Becky ne travaillait pas en boubou. Le Russe à l'entrée s'assurait que les clients étaient plus blancs que les filles.

Pascal avait indiqué le monsieur, en précisant, pète-sec – ce qui n'était pas dans ses habitudes –, que maintenant il fallait y aller, hein Irina. Manon observait le septuagénaire à mèche unique répartie sur son crâne. Jambes écartées, mains sur les genoux, il la dévisageait avec un appétit féroce. Jusqu'à présent, elle s'était arrangée pour ne monter à l'étage qu'avec des touristes, des hommes étrangers au lieu, un peu intimidés ou trop bourrés pour tenter quoi que ce soit. S'ils bronchaient, elle se retranchait derrière la loi hypocrite : ils payaient pour une bouteille de champagne en sa compagnie, rien n'était obligatoire. Officiellement, le *Cheval de Feu* était un club de strip-tease, pas un bordel. La plupart des hommes s'en tenaient à cette version édulcorée. Les clients avertis, moins nombreux, entraient avec la ferme intention de consommer de la chair. Leur détermination crevait les yeux. Dès qu'ils passaient la porte, la bataille de la minauderie commençait, à qui ferrerait en premier. Les filles se précipitaient et Manon passait son tour. Elle attendait tard la nuit pour cueillir les inoffensifs. Pascal, qui avait du flair, voulait des employées zélées, pas des mijaurées.

La compétition avec des professionnelles l'intimidait beaucoup. Elle leur imaginait des techniques secrètes pour du sexe virtuose. Aucun de ses amants ne s'était jamais plaint, au contraire, mais ils parlaient sous le coup de l'amour ou l'envie de jouir encore. Et puis, d'un point de vue strictement technique, eux non plus n'étaient pas toujours des cracks. Ici, c'était un service acheté, évalué, et comparable avec les autres offres. Quant à l'autoroute, c'était du vite fait et du one shot, pas de service après-vente ni de livre d'or. Au cabaret, dans la répétition de nuits qui se ressemblent sans se renouveler, les discussions tournaient le plus souvent autour des autres. Ça commérait sec entre les filles et les clients. Et si elle n'était pas à la hauteur de la bouteille de champagne payée au club huit fois son prix chez le caviste ? Tout le monde le saurait. Travail ou pas, la perspective était humiliante.

C'est dans cet état d'angoisse que Manon revêtit son regard de cochonne et délia ses jambes en direction du vieil homme. Dans sa tête se jouait la chevauchée des Walkyries, épaisse et conquérante. Il badina un peu jusqu'à ce qu'elle se détende. Tu fais des études ? Ta famille est en France ? Tu aimes le tennis ? Elle répondait n'importe quoi. Il lui prit la main pour l'emmener en haut. Elle monta les escaliers d'un pas réticent.

Il se tenait debout, indiquant d'un geste ce qu'il venait chercher. C'était un défi. Les autres le faisaient, elle pouvait le faire aussi. Il était fort de la bonhomie d'un homme dont les années ont ancré l'assurance et les goûts. Un instant, elle se demanda si elle le haïssait, si elle se réfugiait dans la sérénade de la guerre des sexes ou la guerre des femmes pour le sexe des hommes ; mais dans ce petit carré délimité par un canapé et un rideau il n'y avait rien d'autre que l'incertitude de Manon et la solitude de cet homme; une solitude comme la sienne, ni affligeante ni misérable, mais touchante de banalité. Manon l'examinait. Elle découvrait la nudité d'un vieillard. Les rides de son visage se retrouvaient partout. Alors c'était ainsi qu'elle deviendrait un jour. L'attitude du vieux exprimait une fougue dont le corps tout fripé peinait à rendre compte. Il était combatif, et il se cramponnait. C'était un défi. Il y eut un tremblement qui désigna la fin. Ils discutèrent quelques minutes des films à l'affiche, puis Manon descendit, emplie de soulagement.

Hormis Becky, les filles la toisaient, défiantes et sinistres. Manon subira également, plus tard, le favoritisme qui entoure les nouvelles le temps d'une ou deux quinzaines. Pascal débridait la sélection des cibles. Allez, Irina, celui-là, va lui parler, j'ai dit aux autres de te laisser le passage. Elle attaquait les hommes dès qu'ils s'asseyaient. Certains l'évinçaient tout de suite, et elle retournait tournoyer sur un podium. D'autres voulaient seulement discuter, ils payaient quelques coupes. Le reste faisait semblant de rechigner à monter. Quand ils la rendaient triste d'avance, elle trouvait une astuce pour se dérober. Autrement, elle se prêtait au jeu. Pascal, complice, distillait en passant son humour douteux, trinquait pour faire boire plus vite et flattait Irina pour encourager le désir.

Les nuits opulentes, elle faisait jusqu'à trois salons. C'était peu. D'autres abattaient dix clients en une nuit. Avant de convenir d'enjamber la volée d'escaliers, les clients et les filles se reniflaient longtemps dans une ambiance attendrissante de drague au café. Chacun prétendait conquérir malgré ces deux ou trois lanières beaucoup trop conciliantes qui retenaient la nudité des filles. Contrairement à ce que Manon avait imaginé, elle ne devenait pas un bout de chair disparaissant dans sa disponibilité. Les hommes ne venaient pas buter en elle comme dans leur main blasée, et le prélude au rez-de-chaussée permettait d'entrevoir si l'atmosphère de Manon s'accorderait à la leur. Au hasard des coïncidences érotiques, ils se laissaient happer par un air de naïveté, de domination, de sécurité, de tendresse, de provocation ou de déjà-vu. Surtout de déjà-vu. Les filles les plus rentables n'étaient pas les plus belles mais celles qui savaient le mieux démêler et moduler. Passés les premiers verres et les premières blagues, quand Manon sentait se profiler une intimité marchandée, elle s'appliquait à trouver à son interlocuteur une manière de sourire, un rythme dans les gestes, une animalité dans le regard. Sinon, elle se fascinait par sa capacité à s'en passer.

L'intimité marchandée n'impliquait pas forcément emboîtement, saccade et pollution.

Le moindre pelotage se négociait à l'avance. Manon ne suçait pas, c'était sa pudeur, à prendre ou à laisser. Autrement, elle improvisait les prix : nudité intégrale, câlins léchouillés, frottements habillés, leurs langues, les mains mutuelles, rarement la pénétration. Un baiser sur la bouche donnait le top départ. Après, le plus souvent, il s'agissait d'une conversation décousue de doigts râpeux, de glands moites, de mains qui s'agrippent et de souffles profonds. Beaucoup de bons mots avant, quelques intonations affectueuses après, comme si entre eux, ça n'était pas pour de l'argent. Tant de billets pour si peu de gestes, c'en était saisissant.

Manon avait des doutes, évidemment. Les fils sont inextricables. Il y a un pourquoi, et les parce que se contredisent à longueur de boucles vrillées. L'argent tenait et ne tenait pas comme prétexte valable; besoin, oui, autant, non. À midi, elle se voilait la face et Irina n'était qu'une manifestation du syndrome de Stockholm. À treize heures, elle frondait fièrement une pudibonderie étouffante. À quatorze heures, elle condamnait les clients à la misérable idée qu'ils se font de ce qui les ferait bander. Arrivée au club, elle se décidait; il valait mieux choisir, ça donne de la contenance. Et dès les premiers escaliers, elle se regardait à nouveau défier ce qu'elle ne pouvait pas justifier. Maintenant, ça allait. Mais après ? Après la nuit, il y a le jour ; après les années, il y a celles qui suivent, et le risque exacerbé de ne jamais savoir comment la conscience d'après s'appropriera le souvenir du présent.

*

On a beau se voir régulièrement, chaque miroir imprime en filigrane la dernière image de soi. Au château, dans le vestibule, Manon semblait amaigrie et bouffie à la fois et son teint tirait vers le gris. Les demi-heures de piscine et de lampe à bronzer n'avaient pas tenu leur promesse de bonne mine. Une microscopique lueur d'effroi traversa les yeux de sa mère, confirmant la déliquescence. Son père la prit dans ses bras.

— Hallo, liebling.

Il l'observa quelques secondes.

— Toi, tu profites de ta jeunesse, et tu as bien raison. Amuse-toi, c'est maintenant qu'il faut le faire.

La mère de Manon, le regard tout en retenue, contracta brièvement la bouche.

Au déjeuner, Manon fut placée au segment intermédiaire de la grande tablée, entre les enfants et les personnes mariées. Elle avait de la sympathie pour son voisin, un jeune homme bien peigné qui sentait l'adoucissant. S'il se retrouvait à cet anniversaire, c'est parce qu'il était prévu qu'il se fiance avec la cousine Capucine. Le grand-père se délectait à l'intimider : « Dites-moi, jeune homme, quelle est la profession de votre père ? » Manon déviait le regard à chacun des « n'est-ce pas » et des « assurément » que tentait le jeune homme. Il devait être satisfait de sa performance, se dire que Capucine avait grossi le trait. Manon aurait voulu lui souffler ses erreurs, là où tout le monde avait si discrètement dégluti qu'il n'avait pas dû s'en rendre compte. Après les entrées, il avait jovialement attaqué le gibier, commentant la finesse de sa cuisson – avant la maîtresse de maison. Et quand la dame à sa droite avait demandé de l'eau, il avait volontiers passé la carafe – un homme, à son autre côté, s'était empressé d'emplir son verre.

Les tricots noués aux épaules partirent se dégourdir les chaussures bateau en forêt jusqu'à la maison de chasse remodelée par le mari de Christine. Le château appartenait aux grands-parents, et les quatre filles, dont sa mère, anticipaient déjà les méandres de la succession. Christine, la seule restée au village, essayait de promouvoir son côté terroir. Son mari, plus malin, quadrillait le terrain en s'appropriant à force de séduction les petites propriétés satellitaires. Avant la maison de chasse, il avait installé une salle de musique et deux chevaux dans les dépendances du château. Manon savait sa mère en dernière position. Après avoir brûlé tous ses soutifs quand les temps s'y prêtaient, elle avait épousé un Allemand dans le dos de ses parents. Un Allemand de l'Ouest, c'était déjà ça, chuchotait parfois une tante dans ses jours de politesse. Les grands-parents, témoins de l'Occupation, ne s'étaient pas formalisés de sa nationalité. En revanche, il n'avait même pas un petit lopin.

La lumière était tendre en cette fin d'après-midi. Manon rejoignit ses pairs assis derrière le pigeonnier. Bien qu'ils soient tous adultes, les rôles et gradations ordonnant leurs rapports s'étaient figés à l'époque des bermudas vichy. Éternel sujet de moquerie de la part de ses cousins, le fils de Christine ne s'était jamais affranchi de la naïveté de son adolescence. Il avait trouvé mieux à faire que de se laisser insulter et habitait aujourd'hui au Japon. En face de Manon, une araignée pulpeuse générait le filet qui contenait quelques mouches et, au loin, un peu de l'arrogance du frontispice en briques rouges. Quand une cousine trentenaire dit en pouffant : « Tu te rends compte, il paraît qu'il s'est fait tatouer le prénom de sa fille sur l'épaule », Manon décida de rejoindre sa grand-mère.

Elle servit deux whiskies, tendit la boîte de chocolats qu'elle avait amenée et s'assit aux côtés de sa grand-mère sur la balancelle pour lire *Paris Match*, la tête sur son épaule. Manon s'assoupit instantanément dans les effluves de Shalimar. Elles s'éveillèrent au même moment – sa grand-mère piquait traditionnellement du nez après le déjeuner – et entamèrent leurs retrouvailles et les malts. La grand-mère, un peu boudeuse, rouspéta contre les absences prolongées de Manon avant de décrire des événements. Ils pourraient tout aussi bien avoir eu lieu hier qu'il y a cinquante ans. Depuis quelques années, la grand-mère confondait les gens et les saisons, mais jamais les jours et les tenues. Sa mémoire radicale s'accrochait à des preuves tangibles de toutes les versions d'elle dans la redondance de sept jours multipliés par d'innombrables semaines. C'était un mardi en tailleur gris, c'était un samedi en cachemire beige, et le reste était une bouillie fluctuante de galimatias et de coq-à-l'âne. Aux questions habituelles, Manon répondit posément de voix et de regard. Elle mentait avec aplomb, pourtant cette voix adorée – « À quoi t'amuses-tu ces temps-ci ? » – déclencha un stroboscope d'images de nuits.

Enfant, il avait fallu qu'un cousin la dégourdisse un peu pour qu'elle arrêtât de croire que les adultes de sa famille pouvaient lire ses moindres pensées. Son père avait d'abord commencé par lui vendre son omniscience. Il voyait tout, il savait tout, et Manon s'était longtemps demandé comment il faisait pour être tous les autres adultes en même temps. Au retour de l'école, c'était à peine s'il avait le temps de se transformer à nouveau en lui-même après avoir été toute la journée en embuscade sous le masque de l'institutrice. « Ça s'est bien passé l'école, liebling ? » demandait-il. « Oui, papa », répondait Manon. « Ah ? Et la maîtresse ne t'a pas grondée ? » Manon regardait ses chaussettes. « Grondée pour avoir oublié ton livre de calcul ? » Manon levait vers lui des yeux ahuris. Mais comment faisait-il ? Et qu'advenait-il de l'enveloppe molle du corps de l'institutrice, maintenant qu'il n'y était plus ? Plus tard, quand Manon fut cn âge d'aller seule passer des vacances chez ses grands-parents, ce pouvoir suprême leur fut transféré. Pas moyen de chaparder un caramel en paix. Depuis, elle avait trouvé ses propres moyens de produire de la culpabilité. Mais elle passait trop peu de temps en famille pour avoir pu rompre l'envoûtement d'infantilisation. La déprimante impression de transparence n'était jamais très loin.

Ça recommençait. Manon, Irina, Manonina. Elle entendait de la connivence et de l'ironie dans tout ce qu'on lui disait. La galanterie des hommes perdit d'un coup son innocence. Sa peau n'en finissait plus de s'étaler avec ces bras, ces genoux et cette poitrine qui la poursuivaient malgré le tissu. Est-ce qu'ils savaient ? Au dîner, elle mangea tout ce qu'on lui proposa pour faire bonne figure, les yeux dans son assiette comme si sa vie en dépendait. L'avocat cocktail, l'osso-buco, le chabichou, les mignardises, deux fois. La deuxième fois, sa mère lui lança un regard désapprobateur. Le lendemain à table, elle enraya la voix mauvaise des confins de son cerveau. Et eux, qu'est-ce qu'ils faisaient, la nuit ? Au fond, elle s'en contrefichait. Alors pourquoi ses nuits les intéresseraient, eux ? Sa main desserra d'un coup le métal lisse du rond de serviette.

En grand final de l'anniversaire de Christine, il y eut l'habituel spectacle de l'engueulade politique. C'était devenu un rituel, deux oncles socialistes entretenaient leur verve en s'échauffant entre eux sur les déceptions de Mai 68. Le déroulé ne variait jamais. Ils se lançaient en harmonie sur l'économie ou la politique internationale, puis prenaient à partie, ensemble, la grand-mère catholique de droite. Avec sa traversée des deux guerres et son sonotone, elle n'en menait pas large. Sans abdiquer, elle était rapidement évincée de la conversation. Elle radotait toute seule. Après ce petit échauffement, ils dégainaient : l'un, ou l'autre, avait trahi les convictions de cette jeunesse qu'ils avaient partagée à rêver d'aller passer le balai en Chine maoïste. Ce retournement de veste était insupportable, comment osait-il encore se prétendre gauchiste, tout engoncé dans sa vie confortable aux horizons limités; leurs prénoms étaient interchangeables. À ce stade, ils criaient fort, le vin aidant, et les autres convives étaient partis boire au calme un digestif dans le salon. Quand il ne pouvait pas placer ses exploits de soldat, le grand-père venait arbitrer avec son autorité de maire du village; mais ce soir-là, le petit ami de Capucine, contrit de politesse, lui offrait un public rêvé. Les oncles prolongeaient plus ou moins le combat en fonction de leur état de fatigue, avant que l'un ou l'autre n'annonce dramatiquement qu'il irait dormir chez le voisin paysan qui, lui au moins, ne vivait pas dans cette atmosphère de vendus. Le voisin, habitué, laissait sa clé dans un pot de fleurs. Sa femme avait préparé la chambre d'amis. Il pouvait difficilement refuser : il était salarié par le grand-père. Le lendemain, tout le monde se quittait en embrassades chaleureuses, les deux oncles répétant « sans rancune », et en effet il n'y en avait pas jusqu'à la prochaine réunion.

La famille se tenait dans la cour par équipes de voitures. La mère de Manon vérifiait son rouge à lèvres, son père klaxonna son impatience. La grand-mère larmoyait, passant d'un groupe à l'autre, et répétant à tous : « C'est peut-être la dernière fois... » Le grand-père tempérait, un peu enquiquiné, lui tapotant l'épaule : « Allons, Jacqueline, allons. »

*

Après plusieurs nuits d'atermoiements, deux des ampoules éclairant le bar avaient enfin grillé. Une ancienne hôtesse, trop ravagée pour continuer à exercer – c'était le côté « de luxe » –, s'occupait du ménage. Elle n'avait pas remplacé les ampoules, et la salle principale du *Cheval de Feu* était noyée dans la pénombre. Manon fumait lentement. Elle attendait. Un de ses habitués avait promis de passer, s'il pouvait abréger un dîner conjugal ou d'affaires, elle ne se rappelait plus. Sa collection de réguliers se constituait, laissant aux nouvelles recrues la charge du tout-venant.

En début de service, à la ronde des salutations, ses collègues étaient fatiguées, avaient fait la lessive, venaient de manger du taboulé. Certaines s'épanchaient. L'une venait de perdre la garde de ses trois enfants, placés séparément en familles d'accueil. L'autre se faisait construire une maison près de sa famille, dans la banlieue de Gdansk. Une autre encore trouvait que travailler au club, c'était la vie d'artiste, les paillettes et le fun.

Une grande blonde dégingandée fit une entrée remarquée, accueillie tièdement par les filles : « Te revoilà, toi. » Elle s'était installée à l'écart.

Sur le podium, elle était différente. Pas de talons féroces, droite-gauche-droite-gauche en secouant les hanches, pas de mimiques libidineuses. Elle se déliait au ralenti, seule derrière ses paupières fermées. Manon suivait la chaîne des articulations comme un jeu de points à relier ; genou, hanche, la houle le long du dos et le roulement du cou ; et en un relent du coude, la main qui caresse l'air stagnant des respirations pétrifiées. Dans la salle, Manon vérifia, tous les regards étaient englués.

Sa manière étrange d'habiter son corps fut d'emblée sympathique à Manon. Elle l'étudia plusieurs semaines. Dans le périmètre des hommes, elle avait la feinte rivée au corps. Au détour d'un regard, elle leur faisait savoir qu'elle n'était pas tout à fait ce masque niais conciliant. Ils pensaient qu'ils étaient les seuls à qui elle offrait ses coulisses. Ils n'en démordaient pas, quitte à attendre d'être le suivant. Les autres filles grimaçaient.

Elle s'appelait Claire et Nina, en référence à Hagen. C'était une taiseuse. Au fil des stratégies de drague amicale, Manon lisait son silence comme une approbation discrète, un soutien, parfois même de l'affection. Elle complimenta sa tenue – haussement d'épaules et silence. Elle partagea de la cocaïne – remerciement, puis silence. Elle moqua, acerbe, un client impuissant – rire ravalé. Manon ne se décourageait pas et finit par se confier, espérant charmer la réciproque. Elle raconta la nuit devenue facile au prix de jours désagréables et la dérive paranoïaque suite à la voix de sa grand-mère. L'indifférence s'estompait du visage de Claire, et Manon, encouragée, poursuivit. La solitude résolue, la solitude amorcée, dedans dehors. La marche à contresens sur un tapis automatique, et l'impression laborieuse de ne pas avancer. La voix enrouée de s'être longtemps tue, Claire commenta : « Avancer ? Mais pour aller où ? »

À l'aube, Manon, grisée par sa présence, invita Claire. Elle se surprit à se sentir soulagée de la voir se rhabiller. Une tisane, un joint, puis Claire s'endormit sur le futon.

*

Manon dut vérifier plusieurs fois l'adresse sur la carte de visite. Vu de la rue, le sauna *Amour Toujours* était insoupçonnable. Pas d'enseigne, pas de caisse, pas de tableau des tarifs. Seulement une de ces portes en bois à sonnettes, flanquée d'un rectangle où les yeux jaugent avant de se décider à ouvrir. À côté, une feuille plastifiée indiquait : 10 H-19 H, FERMÉ LE LUNDI.

La matrone donna à Manon des tongs, une serviette et une poignée de préservatifs. Manon se changea dans le vestiaire à casiers, puis traversa le couloir et ses photographies de nudités saucissonnées. À l'accueil, un groupe d'hommes en peignoir discutait debout. La tranche du bar était ornée de petits palmiers. Seuls les troncs bistre et stylisés étaient illuminés, donnant à l'ensemble une touche Art nouveau plutôt que balnéaire.

Le buste enroulé dans une serviette, Manon sirotait un whisky en observant l'autre jeune fille. Elle avait l'expression tendre du bonheur qui n'en finirait jamais, tout en contraste avec ce corps d'adulte. Peut-être une lycéenne qui séchait les cours. Elle regardait, fascinée, les écrans suspendus. Ils diffusaient des variantes d'une femme à la bouche contractée tremblant par le cul contre un homme à l'air concentré.

Matthias fit claquer sa main sur le flanc de Manon, excusant son retard sans y croire. Matthias, ou ainsi prétendait-il s'appeler malgré les secondes avant lesquelles il s'y reconnaissait. Il était son premier rendez-vous à l'extérieur du cabaret. Associée à sa trentaine bien portée, ils formaient un couple banal fondu dans le reste du monde. Manon avait dit « D'accord pour demain » après des litres de mauvais champagne déglutis sur le canapé de velours.

Les enceintes répandaient une Musak entêtante. Matthias déblatérait, forçant le rire à ses propres blagues. Ses yeux exorbités plongés dans ceux de Manon criaient trop évidemment : *Je veux que tu penses que tu me plais*, comme s'il décomptait ses cinq secondes d'appui pour faire passer son message. D'un aparté suffisamment manifeste pour que Manon puisse l'apprécier, il précisa à la matrone, pointant les hommes qui n'attendaient qu'un signe pour les suivre, qu'il ne voulait personne d'autre qu'eux deux dans le jacuzzi. La lycéenne ébahie fit glisser sa serviette et demanda :

— Et moi, je peux venir ?

— Mais arrête donc, soupira en retour la matrone, avant de se tourner vers Matthias. Fais-y pas attention, à celle-là, elle vient tous les jours, c'est gratuit pour les filles, et elle fatigue tout le monde.

Parmi les hommes, quelques sourcils acquiescèrent en accent circonflexe.

Matthias enveloppa Manon d'un bras, bouillonnant d'autosatisfaction. Le torse bombé et la main sur sa clavicule, il soumit son visage à la gratitude qu'il attendait envers cette forme très contextuelle de galanterie : être seulement eux deux dans le jacuzzi. Manon condescendante lui empoigna une fesse. La lycéenne les regarda s'éloigner d'un air dépité.

C'était un crétin doublé d'un flambeur, qui baratinait Manon en premier ricochet pour s'adresser aux témoins. *Visez les gars comme je sais les traiter.* Le seul acte élégant qu'il eût pu lui offrir fut l'objet de négociations butées, et Manon attendait, bras croisés, pieds sous le jet d'eau, qu'il s'enfilât de plastique. Dans la salle d'eau, le plafond bleu ciel prétendait s'appuyer sur une colonnade en plâtre. Matthias avait le coït stéréotypé ; elle faisait la bouche contractée et lui l'air concentré.

Les paupières de Manon s'alourdirent sans qu'elle n'y prenne garde, son regard aqueux tourné en dedans et attentif aux premières hauteurs d'un gémissement qui vibrait un peu trop justement. Elle regardait son expression d'homme reconnaissant ; elle s'écoutait braire avec ce qui ressemblait vraiment à de la sincérité ; l'envolée familière se tenait à portée de soupirs ; et Manon enrageait. Elle se proposa de céder sur un air de tant qu'à faire, et regretta aussitôt de l'avoir pensé. Cinq fois huit quarante, six fois huit quarante-huit, sept fois huit cinquante-six ; son regard, fermement tourné en dehors, revint incarner la femme qui ne faisait que trembler.

Après deux heures d'errance – quoi qu'il dise, Manon glapissait –, il insista pour la raccompagner. Il était dix-huit heures et les rues s'animaient du week-end à venir. Matthias jouait du moteur, excitait le vrombissement d'un pied droit motivé et rétrogradait trois vitesses coup sur coup. Il était content. La voiture ralentit aux indications de Manon. Il la félicita en avalanche de compliments. Après dix minutes, elle attendait toujours. N'oubliait-il rien ? Il la dévisagea. Il pensait qu'ils étaient amis. N'avait-elle pas pris du bon temps ? La voiture était stationnée devant l'immeuble que Manon prétendait habiter. Que faisait-elle demain à la même heure ? Elle dut hausser le ton. Elle finit par obtenir le quart de ce que le cabaret lui aurait reversé. Dépitée, elle raya sa portière.

Immédiatement après, elle foulait le pavé en portant, menton haut, la fierté d'avoir arraché un secret. Manon, par dégoût intuitif, avait commencé tôt à rogner les sentiments élevés dont on bourre la jeunesse quand elle est née du bon côté, celui où l'on observe plutôt que de subir. Dans sa famille, son quartier et son lycée, la tendance était à la compassion empruntée avec un zeste de paternalisme. Pas de racaille, que des égarés. Le bon droit des puissants sur la conscience diminuée des autres et la charité condescendante sur ce qu'on ne connaît pas. Le tout agrémenté de canaille et de folklore dans la ouate – le genre « ma femme de ménage est ma meilleure amie ».

Elle testait maintenant ses restes en faisant le silence, attentive, prête à admettre une défaite. Que découvrait-elle ? Un vagin ni sanctuaire ni dépotoir. Sans assujettissement et sans croisade. Pas d'incurable talent des femmes à baisser le regard, ni sempiternelle déficience des figures masculines. En tout cas, pas plus qu'ailleurs. Quelle joie de tout dégueuler. C'était enivrant. Dépasser une norme est formidablement libérateur. Être au-dessus des normes, c'est presque être au-dessus des gens. Mais on se sent un peu seul à planer en hauteur, et dans l'isolement, il suffirait d'un coup de vent pour s'enterrer en dessous des gens, si une pensée molle en venait à confondre norme et humanité. Elle regardait les autres femmes. Peut-être qu'elles aussi cachaient leur Irina. Sûrement. La moitié d'entre elles, au bas mot. Dès que Manon avait sérieusement commencé à mentir, c'est-à-dire admirablement bien, elle soupçonnait légitimement tout le monde d'en faire de même. Si elle mentait, alors les autres pouvaient mentir aussi. Le problème, c'est qu'on peut difficilement vérifier. Peu importait, elle s'en était déjà persuadée.

*

Jeudi, 20 h 53.

— Allô, ma chérie ?

— Salut, maman.

Après quelques échanges, Manon essaya un ton complice :

— T'as déjà trompé papa ? T'y as déjà pensé ?

Silence.

— Je me demandais, comme ça. Vingt-cinq ans de mariage, c'est long…

Silence pesant.

— Bon. Et quel temps fait-il chez vous ?

Et la conversation reprit.

*

Le jour, décidément, endommageait la majesté de Claire. Ça avait à voir avec son corps. Sous les vêtements, il était banalement chétif. Étriqué, disloqué. Quelque chose clochait, rien n'allait ensemble. Les bras s'affaissaient mais les chevilles exprimaient le stress. Le dos remuait comme s'il se déboîtait du bassin. Il n'y avait qu'à voir ces jambes, incompréhensibles sous un pantalon, tirant d'un côté, se tordant de l'autre pour se replier de façon imbécile. Nues, au cabaret, elles tenaient de l'évidence, si élégamment fuselées qu'elles n'étaient jamais vulgaires.

Au bout de ce corps, il y a ce visage paysage aux nuances changeantes, par aplat d'ombres et touches de couleur. Un regard marron jaune, une bouche rebondie, le pli du menton en sourire inversé et ces constellations de petits points orangés. Quand Manon regardait le visage, elle pensait aussitôt au corps, et à ces zones absurdes où avaient atterri un peu des confettis jetés du front au bas du dos.

Claire avait du chien, mais un chien fatigué, les yeux bordés de mauve et l'éclat souvent fané. La jeune trentaine, disons, moins la nuit, plus le jour. Elle avait vingt-sept ans. Seuls quatre ans nous séparent, pensa le reflet de Manon dans le miroir des toilettes. Puis, revenant face à Claire, Manon s'étonnait à nouveau. L'image de Claire refusait de s'imprimer, et les rétines de Manon s'obstinaient à courir après.

Et toi ? Et alors ? Et alors, rien. L'esprit délié, mais la parole économe. Une nouvelle ville, une nuit de galère, comme des bulles se détachant lentement de ses lèvres. Une réponse rafraîchissante, là où les filles du cabaret se répandaient à la moindre occasion en justifications. Chacune se rassurait de son petit classement, celle-ci est plus pute qu'une autre parce qu'elle montre tout, tout de suite, celle-là est une vraie traînée qui accepte la sodomie. Claire, elle, n'avait rien à ajouter. Et sa simplicité convaincrait n'importe quel récalcitrant qu'il n'y avait rien d'autre à en dire. Manon voulait souligner ce raffinement, mais Claire avait déjà changé de sujet. Lequel ? Manon ne savait pas. Mais il y avait des rires. Beaucoup de gens ont le rire charmant, quand le sérieux gravé au visage se dénoue le temps de quelques secousses avant de reprendre exactement la même expression dure. Quand Claire riait, la bascule émouvante de l'adulte à l'enfant s'effectuait au ralenti, capturant l'attention dans l'éventail de ses déclinaisons. Elle penchait la tête, les yeux illuminés et précurseurs ; son visage commençait doucement à se chiffonner ; la bouffée gagnait les pommettes, la bouche et la gorge ; des soubresauts cristallins s'échappaient enfin.

Et puis Claire et le décor s'estompaient en sépia, flottant mollement tout autour de Manon. Au studio, elles écoutaient beaucoup de musique pour rincer leurs oreilles des tubes du *Cheval de Feu*. Les fins d'après-midi fondaient sous les riffs des guitares. Exciter une veine entre la hanche et le pubis, planter l'aiguille, enfoncer du pouce. Les lèvres qui s'entrouvrent à la raideur quittant le visage, le corps cédant d'un tenant à l'indolence et l'air singulier d'être retournée au placenta. Manon, peureuse des piqûres, accompagnait Claire en sniff ou en fumée. Il fallait braver le premier quart d'heure d'héroïne et son envie typique de vomir. Ensuite, l'extase musicale déferlait. Manon s'y enfouissait avec volupté, les membres mous, chauds et si pleins de contentement qu'ils s'évanouissaient dans le cri d'une note ou la texture d'une voix. De temps en temps, elle était ramenée à la réalité palpable des objets autour d'elle – un cendrier qui tombe, le téléphone qui sonne ou le briquet sous son pied. L'hébétude s'entrouvrait alors sur une vue de la pièce. Fenêtre sur Claire. Un bien-être absolu s'abattait sur Manon. Elle partageait avec Claire exactement la même lascivité. Elle ressentait Claire. Elle devenait Claire. Puis les petits points éblouissants aux coins des yeux, ceux de quand on se lève trop rapidement, se propageaient à nouveau sous toute la peau.

Sur le podium, les yeux des hommes dans ceux de Manon ne lui prenaient plus rien. Ensuite, Manon déambulait entre ceux qu'elle refusait et ceux qui ne semblaient pas la vouloir. Une nouvelle très ambitieuse voulut lui raconter ses investissements. Après le nez et les seins – « Ah, oui, beau travail dis donc », avait acquiescé Manon condamnée à palper –, elle envisageait les fesses. Plus bombées, moins larges. Et comme son chirurgien était devenu un bon ami, il lui ferait cadeau d'une légère lipoaspiration des chevilles. Ce serait plus harmonieux, non ? Parce que là, elle était obligée d'attacher ses bottes au second cran, alors qu'elle prenait les plus petites tailles pour les hanches et les cuisses. Manon prétexta une envie pressante. Elle n'avait pas envie de tripoter tous les futurs chantiers.

Elle fit un tour des lieux, jetant des coups d'œil dans chaque coin pour vérifier que ne s'y trouvait aucun client à débusquer. La nuit s'annonçait pauvre. Valérie dirigea droit sur elle son sourire taquin :

— Tu vois, ma jolie, je suis revenue pour toi.

Manon répondit du tac au tac.

— On peut pas dire que tu te sois dépêchée.

Les yeux de Valérie pétillaient d'étonnement.

— Plus c'est long, plus c'est bon, tu sais comment c'est. Alors, c'est cette nuit que je te rends heureuse ? Elle passa une main sur le ventre de Manon. Eh bé, ça te réussit pas les bulles.

Manon baissa le menton vers le petit arrondi.

— C'est agréable de parler avec toi.

Le regard de Valérie glissa derrière l'épaule de Manon.

— Ah, attends, voilà mon bouffon. Allez, à plus, ma belle.

Manon retourna dans la salle principale, près de la porte d'entrée, pour être au premier rang au futur arrivage. Deux filles attablées l'invitèrent. D'un regard, Manon comprit qu'il s'agissait de les aider à descendre la bouteille de champagne en accéléré. Leur client, un Hollandais bedonnant, se frottait les mains.

— Ah ! heureusement que vous êtes là, vous, les belles, mes femmes.

Les filles se regardaient en coin en minaudant de façade. Il renchérit sur l'utilité des travailleuses à polir les pulsions de mort et de violence. Son français était approximatif et ses arguments douteux. Quand on n'a rien à se dire, il faut bien commencer quelque part. Néanmoins, Manon tiquait. Les filles n'eurent pas besoin de le relancer.

— Ah, si ! Sinon, bien plus de viols.

Encore un, soupira Manon. Souvent, poussant la dynamique de la culpabilité et de l'excitation, les clients aimaient se dépeindre en Minotaures endiablés, bave aux lèvres et virilité au poing. La plupart ne demandaient rien de plus extravagant qu'un petit bisou ici et un gros câlin par là. Bien droits dans leurs costards, offerts et fragiles, le pantalon en tire-bouchon.

Le Hollandais invita Manon et les deux filles à monter. D'un léger mouvement de tête, Pascal derrière son bar s'assura de la connivence des filles : il devait être riche pour s'offrir une telle fête ; à elles de jouer pour en profiter.

Il se déshabillait. Toutes les nudités sont touchantes. Surtout les malaisées comme la sienne, le regard un peu gêné, conscient de son flétrissement face aux corps fermes de ses invitées. D'une pensée d'arrière-plan, Manon avait l'habitude de parier sur la répartition des poils et la forme du pénis ; elle avait vu à peu près juste, à une courbe près. Elle aimait particulièrement découvrir les pattes velues des hommes, cannes arquées, jambes de grenouille ou cuisses de taureau. Les genoux ronds du Hollandais étaient striés de veines sombres remontant jusqu'à la mollesse inattendue de ses fesses.

Il s'allongea, princier, sur le canapé, et sollicita un ballet à six mains. Manon se surprenait à s'habituer si rapidement aux tâches optimisées vers l'efficacité. Ballotter, cajoler, tripoter, écarter et gémir aussi fort qu'ils souhaitaient croire à son plaisir, c'est très facile. Et quand ça l'est un peu moins, il y a un tas de techniques pour abréger le travail. Ce sont les ajustements permanents qui requièrent un savoir-faire. Personne ne croit vraiment que l'argent déjoue l'irréductible : les muqueuses donnent accès à l'intérieur de soi. Il s'agit de prendre en charge les nuances infimes qui séparent le mépris de l'hommage, le soulagement de l'émotion et l'hostilité de la catharsis. Il y a autant de raisons de payer que de clients, mais il n'y a pas beaucoup de bites franches qui veulent uniquement se remballer avachies et courbatues. Dans le calfeutrage du cabaret avec son Russe à l'entrée, les irascibles devaient se refréner sous peine d'être blacklistées. Après, bienvenue dans le panorama des slips, à chacun ses petits problèmes. Il y a les asphyxiées qui viennent vomir leur hargne, les abandonnées qui cherchent un peu de chaleur, les honteuses qui se méprisent, celles qui jouent à la guerre, crachent et matraquent. Le Hollandais était du genre quémandeuse à féliciter, tapotes derrière le crâne et bouche en rond comme on propose de la sousoupe.

D'évidence, le courant passait intensément entre lui et une des filles. Pendant que l'autre contestait en sourires enjôleurs, Manon tira le rideau et descendit les escaliers.

La magie de Claire opérait sur deux trentenaires rustauds. Une fois renfilée la robe qu'elle avait passé trois minutes à langoureusement ôter, elle invita Manon d'une main discrète. La nuit, en fait, sera loin d'être pauvre. Après une heure d'ensorcellement acharné, ils se décidèrent enfin à payer un forfait au cabaret pour sortir les filles, rhabillées et délestées d'une ou deux strates de maquillage.

Pascal poussa Manon dans un coin.

— Ça va, ils sont gentils, les gars ?

Manon le fixait. Depuis quand se sentait-il concerné ? Elle acquiesça : « Oui, ça va », attendant qu'il dise ce qu'il avait à dire.

— Je pense que vous allez aller à l'hôtel.

Sans blague. Pascal gagnait du temps. Il scrutait le blanc des yeux de Manon.

— Écoute, Irina, toi, tu travailles bien ici, tu fais du chiffre, t'es réglo.

Ça n'était toujours pas le sujet principal, et Manon opinait en attendant.

— Mais méfie-toi d'elle.

Il pointa Claire du menton.

— C'est de la mauvaise graine.

— OK, papa. C'est bon, je peux y aller ?

Les trentenaires avinés emmenèrent Claire et Manon dans un bar du centre, pour crâner devant d'autres mâles avec les filles à leurs bras. Ensuite, il faisait moite dans la voiture. Les filles plaisantaient, chafouines, les épaules dandinantes s'échappant des cols. Manon sentit Claire attraper sa main et poser la tête dans son cou. Elle regardait ses seins gigoter aux reliefs de la chaussée. Une goutte paresseuse les séparait doucement.

Elle jetait des coups d'œil réguliers à sa montre, qu'elle tournait de manière à ce que

Claire l'aperçoive. Une baignoire ovale trônait au centre de la chambre, rideaux zébrés tirés et tapis en frisure de mouton. Elles en sous-vêtements et eux habillés, ils décidèrent de jouer aux cartes, entre blagues potaches et goulées d'alcool fort. Après avoir gagné la partie de tarot, Claire chuchota . « On va accélérer un peu là. » Elle s'approcha de Manon et joua aux caresses – les doigts prétendaient, glissant à côté. Manon fredonnait des « Mmm, mmm... » sans se donner trop de mal, vérifiant d'un œil les deux hommes avachis. Elle pensait qu'elles en auraient bientôt fini ; et c'est à ce moment que Claire l'embrassa à pleine bouche. Elle fut si surprise qu'elle eut un mouvement de recul.

Claire embrassait en dentelle, et Manon oublia de respirer. Pendant quelques secondes, Manon attendit, statufiée, que revienne à sa bouche émue la sensualité brutalement arrachée. À la place, elle entendit Claire prononcer très bas et sans articuler : « Ben, ouvre les yeux, ho ! »

Alors Manon, sonnée, regarda les clients. Dans une escarmouche de soupirs, elles donnèrent le meilleur du lesbianisme interprété pour les hommes, se frottant furieusement comme pour constater avec dépit qu'il manquait quelque chose. Ils s'empressèrent de venir le leur apporter.

« T'as pas bientôt fini », maugréait Claire en ondulant. Son partenaire, hébété, ronchonna du bout des lèvres avant de fondre dans une dernière secousse. Son copain, près de Manon, fumait déjà la cigarette de la victoire.

Ils éclataient de rire – celui des filles était plutôt moqueur – en se lavant les uns les autres dans la baignoire centrale, aspergeant alentour de joyeuses éclaboussures. Eux descendirent chercher la voiture tandis qu'elles finissaient de se recoiffer. En ramassant ses affaires, Claire effleura le dos de Manon. Les omoplates frémirent presque sous la caresse. Manon n'osait plus bouger, les yeux rivés sur la bouche de Claire et emplis de la douceur du souvenir du baiser.

Manon, un peu hagarde, entendit un « crouic » sec en passant son pantalon. La couture interne avait cédé. Les pans de tissus pendouillaient écartés de la fermeture Éclair aux genoux. Elle avait l'air fin, le string au vent. Elle était un peu gênée mais très imbibée, et décida spontanément de ne pas s'en formaliser. Claire, d'abord incrédule, se gondolait.

— C'est rien, t'as qu'à mettre ça.

Manon enfila le short à sequins dorés que Claire avait porté au cabaret. Elles refermèrent la porte sur la carcasse flétrie du pantalon troué, une jambe sur la baignoire. Dans les escaliers, elles titubaient de rire. Les hanches de Manon projetaient des petits éclairs grelottants sur le mur d'échiffre. Devant l'hôtel, Manon était tellement accoutrée comme ce qu'elle était que les clients démarrèrent sans les saluer.

Elles croisaient dans la rue les silhouettes des travailleurs de l'aube. Certains leur jetaient des regards amusés, d'autres rogues et outrés ; mais ça n'avait plus aucune importance. Claire riait sans pouvoir s'arrêter. Tu vas quand même pas aller te coucher maintenant, répétait-elle en gloussant, entraînant Manon dans une hystérie de plusieurs semaines.

Manon, avant, avait connu par intermèdes flous la foule farfelue de la nuit, les meilleurs amis de quelques heures, les discussions fondamentales et la communion dans la danse et l'oubli. Elle découvrait maintenant le pendant accru de l'aube et du jour, où quelques excités souvent carriéristes du genre viennent dilapider leur histoire dans la fête qui ne s'arrête qu'aux limites physiques, si facilement extensibles chimiquement.

Ce fut un mois spectaculaire à se mêler à toutes les nuits. Les free partys qui durent trois jours dans des champs et des bases militaires désaffectées ; les appartements toujours ouverts de vieux rockers ravis de transmettre leur époque ; les after confidentiels où les derniers yeux écarquillés refusent de céder en dansant à l'unisson ; les hôtels-appartements loués en petit comité pour une semaine de grand n'importe quoi. Tout l'été, Manon vécut en suspension comme quand, après avoir couru vers le gouffre, les jambes continuent à mouliner dans le vide tandis qu'on se demande un court instant si on est réellement sanglé au parapente. C'était la vie euphorique comme une amourette de plage, avec l'impression délicieuse de saisir le monde en intégralité et en un battement de cils, et de devoir tout dévorer avant que ça ne s'échappe.

Il y a un seuil de fête au-delà duquel tout dérape et rien n'est bizarre, quand la foule acharnée se mâtine du désespoir de ne plus savoir quoi faire pour continuer à s'étourdir. Des dérapages, il y en eut évidemment, il y en a toujours quand on refuse de se terrer dans la crainte des hommes qui trousseraient de-ci et hussarderaient de-là. Forte de l'habitude de manier des situations au cabaret, elle déclinait poliment et préférait regarder. À Claire, on ne proposait jamais rien, tant elle avait une réputation d'imprenable. Tout le monde la connaissait, et tout le monde savait où elle travaillait. Manon dut admettre qu'ils étaient tous persuadés, comme Claire leur avait dit, qu'elle s'occupait exclusivement d'y servir l'alcool.

Manon, parfois, contemplait les dérapages avec une pointe de curiosité et d'envie – les mêlées en nombre impair, tester dans la chair les limites d'une drogue improbable, ou un lieu magnifique qui mérite d'être étreint dans la superbe équivalente des corps qui se rencontrent. Claire à ses côtés dénigrait les filles aux visages déformés de plaisir. « Regarde-moi ces chiennes. » Manon au début tournait vers elle un visage étonné, trouvant le commentaire inapproprié. D'autant que les filles en rictus avaient l'air de s'amuser. Mais Claire répéta suffisamment : « C'est de la gratuité et de la pure saloperie » pour que Manon n'ait pas envie d'y être assimilée. Au lieu de contester, Manon, transie, regardait la lèvre pleine et brillante de son amie. Parfois, Claire lui prenait la main, le bras, ou lui caressait la joue; mais Manon se fichait pas mal de ces marques de tendresse. Il y avait eu le baiser.

Pendant plusieurs de ces nuits, Manon se mit intuitivement dans un état de disponibilité au baiser. Quand le visage de Claire franchissait la lisière du sien, elle ne s'en désistait pas. Au moindre éclat de rire de Claire, elle approchait le menton. Claire déviait alors sa trajectoire pour ne pas se cogner à l'immobilité souriante de Manon.

Manon constata que son état de disponibilité ne provoquait pas l'avènement du baiser. Elle chercha quelques nuits encore à interpréter tel regard fuyant ou telle hésitation gestuelle. Mais elle avait beau tordre des attitudes en signaux, aussitôt que ceux-ci échafaudaient une constellation serrée de preuves et de sens, un autre mouvement, une autre parole, venaient contredire sa conclusion précédente.

L'enquête de Manon s'essouffla quand, une nuit dans un appartement, elle se surprit à calculer les angles qui la séparaient de Claire en vue de provoquer une collision de bouches. Elle fut saisie par son ridicule, et s'encouragea à abandonner le baiser à son souvenir. Elle saisit un sachet de poudre sur la table, et s'occupa à la réduire avec des cartes de visite.

Claire se transformait de nuit en nuit. Elle travaillait son endurance. Aux prémices de l'atterrissage, elle s'accrochait indéfiniment aux états seconds. Elle s'exclamait en souriant : « La vie sobre n'a aucun charme. » L'été de Manon prit subitement fin, sans prévenir, dans le mal de crâne et le cerveau bulleux. Celui de Claire ne se découragea pas, toujours prêt à se prolonger dans l'entretien de sa légende.

*

La vue de Manon se perdait quelque part entre double et trouble. Elle s'était lamentablement vautrée. Sa tentative acrobatique n'avait pas été particulièrement audacieuse, mais un reste d'acide rendait ses mains spongieuses. Manon se ratatinait autour de la barre ; finalement, elle était aussi bien allongée. Elle s'accrochait quand même, au cas où, et caressait le talon argenté qui avait glissé de son pied. Les reflets tordus des facettes de la boule rampaient sur le mur. Sa langue chavirait au sol de sa bouche.

Les personnes alentour se dédoublaient par courts à-coups. Leurs symétries, aussitôt discernées, s'évaporaient à nouveau. Quand elle orientait sa tête ailleurs, d'autres doubles se formaient. C'était une partie de cache-cache dans un kaléidoscope. Les fourmis de l'acide grignotaient encore un peu le carton de son cerveau.

Pascal la releva du podium pour lui soumettre ses dents phosphorescentes.

— Bois jusqu'à ce que tu redescendes et ne quitte pas le tabouret.

Elle le regarda en biais quelques instants.

— Trouvé !

Elle jubilait, il soupira.

Sous son nez, un verre. La brillance d'un reflet rose dans l'eau l'émerveillait. Ses yeux propageaient le scintillement, à quelques secondes de décalage. À la périphérie de son regard, l'armée des lucioles enflait avant de s'évanouir.

Soudain, un ronflement. Du tonnerre? Elle leva les yeux : un homme lui parlait. Elle écouta.

— Tu travailles?

Cette voix l'ennuyait. Elle plongea à nouveau dans le verre. Bob Dylan, le ton pressé, chantait *I Want You*.

Il insista. Elle le regarda à nouveau. Deux petites fesses serrées achevaient son nez. Après une gamme de cabrioles rétiniennes, elle se résigna. Non, il était vraiment, vraiment laid.

Il alignait des mots. Certains étaient moelleux, d'autres arides et escarpés. Elle se lovait dans les syllabes coulantes, puis dégringolait quelques phrases plus bas. Elle riait, il s'esclaffait avec elle. Les autres, las de se dédoubler, proliféraient par grappes ou par traînées.

À l'étage, elle admirait les couleurs chatoyantes dégoulinant sur l'envers de ses paupières. L'homme chuchota « Tu veux? » et elle hocha la tête. Il approcha. Elle arrêta de respirer, comme quand enfant on forçait dans sa gorge le sirop contre la toux. Il voulait sa main. Opiniâtre, elle tenta de le saisir mais il sautillait et glissait comme un poisson luisant s'échappe de sa prise. Dans un effort appuyé d'articulation, elle suggéra qu'il la prenne. Elle pourrait peut-être lui tourner le dos. Elle se laissa déshabiller, attentive au bruit sec de la robe quittant sa peau.

Le pénis emballé tapota plusieurs fois avant sa première percée. Sur la table, un paquet rouge ouvrait grand sa mâchoire sur une dernière cigarette. Les couleurs se stabilisaient doucement. Il l'enfouissait sporadiquement, deux doigts pressés sur le haut de son pubis. Se désignait-il là où s'escrimer ? Au fond du ventre de Manon, la démangeaison chaude d'un fou rire qui refuse de s'échapper. Le visage suant bondissait devant ses yeux. Les vapeurs de son ventre poissaient le haut de ses cuisses, et Manon, veloutée comme une compote, ne savait pas s'il s'agissait d'urine ou de plaisir. Le collier sel et poivre bouclait vers les oreilles. Son périnée s'électrocutait en décharges croissantes.

Ses yeux se fermèrent par réflexe, pris en flagrant délire. Elle réprima un gémissement en comprimant sa gorge, et attendit que passent les dernières contractions pour recouvrer conscience. L'homme ne distingua rien, pilonnant vers son soulagement. Elle se sentait décapsulée. Elle eut honte de ne pas pouvoir se contenir, emportant dans son orgasme les dernières magies de l'acide. L'homme se retira en remerciant Manon.

L'heure suivante, Manon débordait de vague à l'âme. Elle s'écoulait d'elle-même en une lente hémorragie. Elle aurait préféré penser que son corps lui échappait, mais c'était plutôt elle qui avait l'impression d'en fuir. Elle regardait, abattue, l'affligeante platitude de leur désir et la petitesse avec laquelle elle le satisfaisait. Elle voyait les sourires glauques et le suicide des illusions ; un malaise rampant croissait à mesure qu'elle s'identifiait à cet univers ; et pourtant, elle s'y sentait bien. En tout cas, à la maison. Un côté vérité amère qui crie : « Au moins, on ne fait pas semblant ! » Et l'habitude si vite amarrée d'avoir l'argent content.

Manon crut tenir l'amertume à distance, s'étourdissant de vertiges de puissance et de rébellion, se barricadant dans la relativité – un métier comme un autre, ou exacerbant son affection pour certains clients. Il était quand même difficile d'ignorer que cette porte emboutie comme un refuge protégé de la litanie des décisions – faire quoi et comment, vivre où et pourquoi – était devenue le plein de sa vie.

L'amertume revint, lancinante et diffuse. Manon la combattait en goulots retournés dans leur seau. Ce qui est pratique dans ce travail, c'est que les filles sont payées pour boire. Les bouteilles emportées à l'étage affichent rarement leur étiquette originale, mais contrairement au bar et puisque le client boit aussi, elles contiennent du champagne, pas de la limonade. Les nuits ternes, il suffit de ne pas arroser la moquette et de tout gober. Avec application, en employée modèle : il faut faire boire vite quitte à le faire soi-même. Et comme les filles sont entraînées à bien tenir leur alcool en acrobaties à la barre et en affriolant à tout va, leur descente devient marathonienne.

Il y avait une hôtesse musulmane, au club, qui ne buvait pas d'alcool. C'était assez cocasse : les clients payaient pour elle une bouteille d'eau minérale au prix du champagne. Elle travaillait sans jamais s'enivrer, les deux talons et la conscience bien ancrés dans les salons privés. Manon n'avait pas cette force. Même à outrance routinière, les bulles sont légères et l'ivresse joyeuse, les idées et les traits se brouillent dans la pénombre doucereuse. Et si, en fin de service, Manon avait peur de rentrer seule chez elle et de cuver lugubre, il y avait toujours des bars et des boîtes où rejoindre des collègues pour poursuivre l'égarement en dépensant à qui mieux mieux comme des petits garçons feraient un concours de pisse.

Eux prennent du plaisir et donnent de l'argent ; elles bénéficient de la symétrie inversée. Cette donnée troublée, il ne reste que l'effroi de se mettre à dériver au hasard. Les filles parlaient de beaucoup de choses, mais jamais de l'essentiel, le grand tabou du vrai plaisir. Pas le narcissique, pas celui de dominer ou de se souiller – à chaque nuit son fantasme –, pas celui de survivre ou de transcender, non, le vrai, l'abandonné et le déferlant, celui des pores en anémones de mer qui s'ouvrent et se dilatent, où l'espace d'un instant, tout est anéanti.

Il a éclos quelques autres fois, à peu près accidentellement. La garde paresseusement baissée, au gré des frottements continuels au bon endroit, de moins en moins inadmissible et cambriolant la tête quel que soit le degré d'indifférence envers celui qui l'eut provoqué. Au client, il ne faut pas le montrer, par une vanité tordue du type : *ça au moins ils ne l'auront pas.* Les collègues répandraient sans doute l'aveu comme une traînée de poudre, offrant aux hargneuses un argument pour la mépriser. Une nuit, Manon ne savait pas quoi en faire et avait besoin d'en parler. Elle approcha Claire, qui l'emmena aux toilettes.

Claire, dans un tourbillon bien connu de Manon, verrouilla la porte, ferma l'abattant, y posa deux pochons, proposa d'un geste l'un, l'autre, ou les deux et roula en paille un bout de papier sorti de son soutien-gorge. Claire se releva en reniflant sèchement, et s'écarta pour laisser à Manon l'espace de s'accroupir.

— T'as bossé toi ce soir ? Moi, j'ai rien fait encore.

— J'ai eu Patrick, vite fait.

— Patrick le gros ?

— Non, Patrick ouin-ouin. Manon attendit quelques secondes. Tiens, en parlant de client, il m'est arrivé un truc bizarre l'autre nuit.

Claire ne releva pas, occupée à se vérifier les narines dans la glace surplombant le lavabo. Manon n'eut pas le courage d'insister. Dans la salle, elle décida de se rabattre sur Becky, la belle doyenne pleine de sagesse. Manon se confia en peu de mots qui ne cachaient rien du tout. Becky sourit simplement, le regard débordant d'affection. Faut bien s'adapter, a-t-elle soufflé.

*

Elle entendait bien au loin un bruit sourd et répété, mais elle était justement en train d'approcher la tête du mouton pétillant. Derrière, Lydia Lunch cavalait dans le vide. Tiens, qu'est-ce qu'elle faisait là ? L'instant d'après, une cheminée en marbre avait la voix de son père, et elle s'apprêtait à acheter quelque chose. Le bruit continuait, régulier, croissant et difficile à ignorer. Un timbre s'il vous plaît, en enfonçant ses doigts, il se mit à pleuvoir et la pluie tambourinait. Le volume s'amplifiait et estompait le reste, qui était maintenant un champ de coquelicots. Manon les raviva en les secouant, il y venait des durians. Ils n'avaient pas d'odeur.

Y a-t-il des odeurs dans un rêve ? En posant la question, elle en démissionna, remuant une jambe engourdie sous la couette. Elle tenta de rattraper la chaleur du sommeil qui déjà la quittait. En vain. Ça frappait toujours, et ça venait de la porte d'entrée.

Elle s'éjecta du lit, enfila un tee-shirt, et vint se poster derrière le judas. Le petit rond déformait un visage qui ressemblait beaucoup à celui d'Olivier. D'une main, elle ramassa les chaussures en plexiglas pailleté pour les fourrer dans le placard de la cuisine. De l'autre, elle démaquilla les restes de rimmel étalé jusqu'à son nez.

Olivier imita le père de Manon : « L'avenir appartient à ceux qui se réveillent », et la prit dans ses bras.

— Alors, ma cocotte, au lit l'après-midi ?

Elle regarda l'horloge, c'était l'heure du goûter. Ça tombait bien, elle avait des biscuits. Olivier dit « Surprise », elle répondit « Esquive ». C'était un bosseur, pas un vacancier. Il acquiesça sans s'attarder sur ce qu'il tentait de fuir en venant à Bruxelles. Les gros billets de la veille, froissés en boules, jonchaient la table de la cuisine. Olivier les aperçut, et Manon défaillit. Qu'est-ce qu'elle répondrait s'il la démasquait ? Il en dégomma deux trois d'une pichenette et, d'un clin d'œil :

— Dis donc, Maoui, tu t'es trouvé un boulot qui rapporte ou tu braques l'épicier ?

Les boules roulaient sur la moquette, et Manon s'étirait pour gagner du temps. Sans attendre de réponse, il proposa d'une voix enjouée :

— Et si on allait à la mer ?

Olivier, à son habitude, taquinait Manon de chatouillis, de blagues et de pincements. Dans la rue, à la gare et dans le train, les filles, les femmes et les dames maudissaient Manon, puis Olivier. Depuis le lycée, il était devenu à son insu l'ennemi des femmes. Il arrivait, et elles se cambraient soudain. Elles s'appliquaient à poursuivre leurs activités tout en ménageant leurs meilleurs profils et leurs effets de cheveux. Même la mère de Manon se mettait à susurrer quand il venait chez elle. Il n'y prêtait aucune attention, et leurs regards se voilaient d'aigreur.

Ils arrivèrent à La Panne, à la frontière occidentale. La mer du Nord ondulait, plate et grise. Ils s'inventèrent des noms ridicules pour s'enregistrer à l'hôtel. Le réceptionniste se montra plus conciliant quand Olivier paya d'avance et en liquide. Pendant plusieurs jours, ils s'empiffrèrent d'huîtres, d'amandes et de couteaux, pataugeant de bon cœur où la mer lèche les dunes. Le reste du temps, ils jouaient au poker. Manon bluffait, Olivier trichait. Il parlait un peu de Marcadet. Il en avait marre d'avoir le nez dans les histoires de tapins de Daniel. Il leva les yeux vers elle ; elle répondit d'un haussement de sourcils complice. Il savait, et suggérait qu'elle n'aborde pas ses activités au cabaret. C'était sans doute ce qu'il voulait lui dire. Non ? C'était son genre discret.

Après La Panne, Le Coq, au hasard des stations desservies par le tram. Olivier était infatigable. Il dormait très peu, se levait à l'aube pour sauter, jouer, courir, planifier, et interrompre tout quart d'heure de glande par des séries de pompes. Il était né ainsi et ça ne s'épuisait pas. Il ne s'entamait de rien, ni café, ni alcool, ni cigarettes ou drogues d'aucune sorte. Manon lisait beaucoup, et lui racontait parfois sa vie imaginaire. Un petit boulot de transcription, les recherches à la fac où elle ne mettait plus les pieds. Olivier n'y connaissait rien, alors elle n'avait pas à se perdre dans des détails administratifs. Il serait trop sévère si elle avouait être partie.

Au retour, gare du Midi, Manon somnolait dans le ronronnement de l'escalator. Olivier lui décrivait coup par coup le Combat du siècle, quand Joe Frazier donne à Mohamed Ali sa première défaite. Au quinzième round, Frazier dégomme un de ses fameux crochets du gauche, Olivier mimait dans l'air, et Ali chute d'un coup. Olivier en singea l'amorce. De toute sa carrière, c'était la troisième fois, seulement la troisième fois, mais il ne se laisse pas faire, et se relève tout de suite, reprend du poil de la bête et « Irina, Irina », Manon entendit soudain une voix criarde meugler derrière elle. Elle pensa à s'accroupir, tout en se demandant en quoi elle serait épargnée, puis à fermer les yeux, comme le font les enfants persuadés que s'ils ne voient pas, alors personne ne peut les voir. Olivier en était à tomber dans les cordes, elle ne savait plus s'il parlait de Frazier ou d'Ali. Elle crispa tout son cou dans un frisson d'angoisse. Elle reconnaissait la voix, c'était la pire possible. Surtout pas elle. Il s'agissait d'une Algérienne pour qui le jour équivalait à la nuit. À la frontière du minuscule et du nanisme, elle était l'offre freak du club, un cerveau de mollusque sous d'énormes dreadlocks blond poussin. Les filles l'entourloupaient et elle marchait à fond. Surtout pas elle. Olivier avait dit en langage codé : « Je sais mais je ne veux pas voir. » Ou alors il n'avait rien dit du tout. Connaître cette fille était déjà suffisamment pénible la nuit, et elle continuait, se rapprochant toujours, à hululer : « Irina, Irina, youhou ! »

Toutes les têtes de l'escalator étaient tournées vers la voix, y compris Olivier. Les dreadlocks blond poussin commençaient à apparaître entre les rampes.

— Mate la minimeuf, là-haut, chuchota Olivier. Elle sort de la poubelle.

Manon pouffa et ajouta, au cas où il faudrait la défendre ensuite :

— Plutôt d'un film de Lynch.

« Irina, Irina ! » Elle secouait la main en descendant les marches à côté de l'escalator, les seins comprimés dans un pull rose bonbon.

— Hé, on dirait qu'elle te regarde, nan ?

Manon déglutit. Elle lui faisait les gros yeux et l'autre ne comprenait pas, tentant d'attraper son épaule en piaillant. L'escalator avait fini sa course.

— Alors, Irina, on ne te voit plus au club ?

Son ton s'adoucissait, un peu moins hystérique. Manon continuait d'avancer sans un mot, essayant de l'ignorer en tirant Olivier. La blonde trottinait à côté.

— Bernard a demandé après toi, tu sais.

Puis, s'approchant d'Olivier :

— Salut, je me prénomme Yasmina.

Olivier l'observait, un peu halluciné. Manon tourna la tête, surprise par sa langueur. Yasmina ne lui prêtait plus aucune attention. Elle roulait exagérément des hanches en penchant son visage, et sa masse capillaire promettait de s'effondrer. Manon sourit devant elle, en accélérant le pas. Encore une victime de l'effet Olivier.

Une fois dans le tram et débarrassés d'elle :

— Non, mais t'as vu ce truc ? Y a quand même des gens parfois.

Manon acquiesça.

— Tu la connaissais ?

Elle rit un peu trop fort.

— Bien sûr que non. Ça devait être une tarée qui voulait te séduire, c'est pas la première fois.

Olivier tourna la tête, une fossette activée. Il ne releva pas. Ils allèrent déjeuner, Manon une salade et lui une viande, se repassant encore le film des meilleures blagues de leur enfance. Olivier partait ce soir, il dit vouloir se balader seul en ville.

*

Jeudi, 20 h 39.

— Allô, ma chérie ?

— Salut, maman.

Elle s'assura qu'elle était bien inscrite à l'université. « Oui, oui », fit Manon, avant d'embrayer sur la météo.

— Tu manges suffisamment d'agrumes ? Fais-toi un citron chaud le matin, c'est bon pour le...

— Oui, OK, bon, je dois y aller là.

Elles s'embrassèrent.

*

À sa fenêtre, Manon attendait Claire. Viendrait-elle ? Elle devenait difficile à attraper. Planifier était compliqué, au-delà des cinq heures derrière lesquelles elle galopait, seringue en main. De la veille au lendemain, Manon lui avait proposé de la rejoindre au studio. Claire avait dit oui, et Manon avait lu dans ses yeux : *enfin, seulement si je suis équipée et que tout va bien.*

Elle ne vint pas. Manon tenta sa chance dans un appartement où Claire vivait de temps en temps. Elle la trouva, gisant sur le canapé, l'iris comme évanoui. Claire avait disparu sous un visage d'extrême sagesse, ou de torpeur absolue. Manon alla dans la cuisine préparer du thé, puis revint savourer une cigarette en racontant sa journée. Par moments, Claire se relevait avec une lenteur étonnante et gracieuse. Elle pénétrait le flot de paroles de Manon, marmonnait une réponse à on ne sait quoi d'un ton inspiré, et la phrase s'achevait à mi-parcours, le volume de sa voix diminuant à mesure que ses paupières se fermaient. Elle s'éteignait par surprise, aspirée par un relent de félicité. Manon s'agaçait. Aujourd'hui, elle voulait être avec les vivants, les remuants, les frontaux; et Claire disparaissait dans le troupeau des fuyants. Manon approcha un peu son visage. Entrée dans la zone de magnétisme à quelques centimètres, elle admira, subjuguée, les lèvres entrouvertes de Claire. Elles étaient pâlies. Le reste de son visage dégoulinait, amorphe, de la structure osseuse. Manon s'éloigna en silence et ferma la porte avec précaution.

Le lendemain, dans un sursaut sans conviction, elle se rendit à l'université par ce bus dont elle avait presque oublié le numéro. La fac grouillait d'étudiants. Elle entama le parcours alambiqué des bureaux délivrant les papiers nécessaires à l'inscription. À mi-parcours, son élan fut stoppé par des horaires d'ouverture comme les administrations en ont le secret. Elle n'était pas la seule à s'être fait avoir.

Au café, les filles commandèrent des cappuccinos, les garçons des demis et elle un whisky, soulevant des regards d'étonnement. Les étudiants jabotaient, le teint bronzé et l'air détendu. Après les récits de grandes vacances, les projets d'études et de vies occupèrent les conversations. Il s'agissait souvent d'encadrer d'autres personnes, conformément aux exigences du département de psychologie. Manon se félicitait d'un revers de main mental épongeant son front soulagé. Il émanait le goût vaguement rassis des livres théoriques. Il manquait du grain, pensait Manon, du grain coloré; le grincement de l'humour noir, l'humilité du rire jaune. Elle ne raconta rien. Pour passer le temps, elle excitait discrètement les garçons. Une épaule dévoilée, un regard très vivant et une main sur l'avant-bras : c'était facile, ils étaient jeunes et moins rompus à déjouer les visions suggestives. Les filles désapprouvaient en regards outrés.

Dans le bus du retour, comme à son habitude, Manon ignorait tout le monde. Elle lisait Kundera, qui lançait des vérités sur la vie toutes les deux pages. Manon ne s'y reconnaissait pas souvent, mais le ton péremptoire l'accusait de passer à côté d'un sens qui lui échapperait; elle se sentait obligée de s'accrocher. Une main toucha son épaule. Un des étudiants du café, un grand blond bouclé, la dévorait des yeux. Il ne dit d'abord rien, content de la tenir, puis :

— J'adore ses livres.

Manon se taisait, doucement secouée par les accrocs du bus. Qu'est-ce qu'il voulait?

— Ils sont formidables.

Elle le dévisageait. Il était embarrassé, elle lui plaisait visiblement. Au cabaret, quand un client l'attendait pour la suivre à la sortie, elle appelait le gros Russe.

— J'ai toujours l'impression qu'il me raconte.

Eh bien, dans ce cas, elle lirait ses livres si elle voulait le connaître. Allait-il enfin la lâcher ? Elle plongea ostensiblement le nez entre les pages.

À l'arrêt de Manon, il descendit avec elle pour marcher à ses côtés sans qu'elle le lui propose. Elle décida de faire un détour, pensant le semer. Il parlait toujours de Kundera, très vite et sans s'arrêter. Elle acheta du pain à la boulangerie puis du jambon chez le boucher, sans en avoir besoin mais pour vérifier s'il la collait toujours. Rue de Bordeaux, il se mit à parler de Georges Bataille et ça intéressait un peu plus Manon, si bien que quand il lui proposa un dîner la semaine suivante, elle accepta.

Le soir au lit, sa gymnastique intime en petits cercles véloces dessinait une prière qui lui était destinée.

*

Les filles étaient affalées sur les tabourets, pas encore apprêtées, vêtues de jeans, de survêtements et de pulls informes. De bonnes tenues défensives pour les proies qu'elles devenaient en rentrant aux dernières noirceurs de la nuit, le sac rempli des billets qu'elles venaient de gagner. Manon était une des seules, à sa connaissance, à habiter en centre-ville. Une lumière blanche aplatissait la salle principale du *Cheval de Feu*, révélant une moquette rapiécée, le bois du bar égratigné et des moutons de poussières au-dessus des miroirs. Manon contemplait ces visages habituellement estompés par la pénombre, les fards et l'ébriété. L'éreintement se lisait dans les cernes et les creux, celui des nuits courtes ou, parfois, du bout de course.

Pascal était assis sur le bar. Il serinait ce qu'il avait déjà dit à chacune.

— Je veux pas de filles tenues, c'est bien clair ? Si l'une de vous a un mac, un petit ami tyrannique, un gars qui s'occupe de votre sécurité, un gars qui m'appelle pour relever vos comptes ou appelez ça comme vous voulez, et que je l'apprends, c'est dehors immédiatement.

Il marqua une pause, fiérot d'autorité. On voyait sa mâchoire se serrer et se desserrer en biais de ses oreilles. Pascal s'adonnait régulièrement à ces réunions en début de service. Les filles, apathiques, attendaient qu'il finisse. L'une d'elles fouilla bruyamment son sac. La mine illuminée d'une énigme résolue, elle dégagea de son fatras un miroir de poche. Elle commença à se maquiller, et Pascal lui plaqua la main sur le bar. La fille le regarda d'un air de défi en claquant son chewing-gum. Eut lieu un duel de regards qui s'acheva quand, lasse autant qu'influencée par la lassitude soupirée des autres, elle détourna le sien. Il relâcha sa main, elle s'ébroua.

Il reprit.

— Et dites-vous bien que je l'apprendrai. On veut pas de ça ici, c'est clair ? Le zoo et les histoires de filles dans les coffres de bagnoles, c'est deux rues plus loin. C'est clair ou quoi ?

Claire poussa la porte et plissa les yeux dans un mouvement de recul, surprise par la lumière.

— Voilà la plante verte. Ça va, tu t'es pas trop pressée, installe-toi, je t'en prie.

Diaphane et lointaine, Claire tendit son poing et en fit lentement remonter le majeur.

— Si l'une d'entre vous apprend qu'une autre ici est sous tutelle, vous venez me le dire immédiatement, c'est bien entendu ?

Il tenait le même genre de propos nerveux pour la drogue. Personne ne lui disait rien, et tout le monde était au courant.

— On sait, calme-toi, chuchota Becky.

Becky avait changé les langes de Pascal quand elle était la maîtresse de son père. Il n'osa pas répliquer, même si son regard criait un gros : *Ta gueule.*

— Je me calme pas. On fait pas du social ici, j'en ai rien à foutre que votre mec vous dégomme la gueule ou que votre maman vous manque. Je veux ici des filles qui bossent, des filles responsables, surtout pas des filles qui me foutent la maison poulaga sur le dos en dénonçant leur mac. C'est bien clair ? Plus tard dans la nuit, les flics vont passer. Celles qui n'ont pas de papiers se planqueront dans la réserve.

Les filles patientaient. Pascal était immobile, attendant sans doute quelques hochements de tête. Il n'en vint aucun. Il dispersa ses employées d'un : « C'est bon. »

Valérie entra en trombe.

— Salut, les jeunes. Pascal, t'as l'enveloppe ?

Il indiqua un coin du bar, elle saisit l'enveloppe et s'apprêtait à partir. Manon alla à sa rencontre. Valérie sourit, les deux mains sur le cœur, mais continua à se diriger vers la porte.

— Valérie ?

— Y a plus de Valérie, ma belle.

— Quoi ?

— J'arrête là, je me casse, on déménage avec ma femme. Prends soin de toi ma jolie. Elle fit un clin d'œil en caressant l'intérieur de la cuisse de Manon. Et continue à rêver de moi, ça me fait plaisir.

Manon fut ennuyée de s'entendre glousser ; Valérie se précipita dehors.

Jusqu'à la semaine prochaine, Manon ne voulait pas faire de salons. Elle annonça à Pascal qu'elle ne ferait que danser. Il accueillit la nouvelle d'une mine mitigée.

*

Le garçon aux boucles blondes ne parlait plus beaucoup. Ils dînaient presque silencieusement. Deux tables plus loin, un homme et une femme dégustaient leurs plats identiques, côte à côte. Manon les regardait, un peu gênée pour eux. Ils exposaient au monde un mutisme dérangeant d'apparaître immuable. C'était un vieux couple, ça se décelait tout de suite par leurs airs irrités autant que fatalistes. Ils mangeaient, indifférents l'un à l'autre, sans curiosité ni même gentillesse, et pourtant leurs gestes étaient ordonnés, usés mais paisibles d'avoir longtemps cohabité.

À sa table, le silence était ourlé d'espoir. Le garçon la couvait de blancs attendrissants qu'elle parsemait à son tour de points de suspension. Elle aurait été plus volubile mais il était timide, elle ne voulait pas le brusquer. Peut-être était-elle aussi un peu désarçonnée. Elle tendait le cou, il approchait le buste. Elle inclinait le visage, il croisait les jambes. Elle entrouvrait la bouche, il acquiesçait déjà. Il la regardait en coin dès qu'elle tournait la tête. Les boucles blondes se mêlaient à une fresque figurant une plage, quelques palmiers et une famille lapin regardant une mer trop bleue. Manon pensa qu'il serait beau, alangui sur le sable. Il triturait un bout de pain, roulait la mie, écrasait les miettes sur la nappe avant de les rabattre en petits tas.

Ils étaient nés le même mois de la même année. En quelques mots, Baptiste décrivit son quotidien, plein de sport, de camaraderie et de beuveries occasionnelles. Son paysage était rond, sans ambages ni calculs, pas d'envie en zigzag ni vrai rapport de force. Il abordait les gens comme ils se présentaient, les trames étaient directes et les rêves accessibles. Le beau était gentil, le laid regrettable, et Manon vacillait. Que faisait-elle là, au juste? Elle ne savait plus bien.

Pourtant, elle l'aimait bien. Ils déambulaient tranquillement dans la ville, les joues injectées de sang quand leurs mains se frôlaient. C'était doux, insouciant et inconfortable. Ils avaient beaucoup bu, en alibi de l'aise. Il était tout pompette. Ses phrases inabouties s'effilochaient dans l'air. Ils passèrent devant une publicité très blanche pour les produits laitiers, elle se dit qu'il serait beau aussi dans la neige. Il posait des questions et elle en disait peu. Il fallait morceler presque toutes les réponses. La vie qu'elle dépeignait n'était pas cohérente, mais il n'y prit pas garde, tout à son trouble. Elle voulut revenir sur des sujets abstraits, la musique ou les livres. Il parla de lui.

L'alcool était maintenant l'alibi des grands mots. Était-elle devenue si dure ? Accoudés à un bar, ils parlaient de la vie et de la société. Lui voyait de la magie, et elle des formes de pouvoir. De la manipulation, des fins de consommation, des fins d'exploitation. Un lien avec l'argent, ou du désir pervers. Pervers un peu plaisant, mais ça, elle ne le dit pas. Les intentions n'étaient presque jamais louables. Il y avait bien un presque, mais elle ne le situait pas. Il pontifiait toujours sur la bonté humaine. Manon lui jetait des regards stupéfaits. Croyait-il vraiment à ce qu'il lui disait ? Elle ne profitait plus de sa supériorité. Elle avait deux vies, et plusieurs fois cent ans. Avant, elle se croyait lucide, maintenant, elle s'écœurait de cynisme.

Le mot « saccage » lui vint en tête. D'elle, de lui ? Ça n'était pas précisé. Elle s'interdit d'y penser et ratura le mot. Elle baissait le menton, il prit enfin son élan. Il bégayait des qualificatifs pour définir la soirée bientôt achevée. Bientôt achevée ? Manon ricanait en sourdine. Dans le choix de ces qualificatifs, se nichaient des indices suggérant à Manon qu'il voulait la revoir. La revoir ? Elle ricanait encore. Elle élança son dos, colla ses seins sur le garçon et suggéra qu'il l'emmène chez lui. Chez lui ? Il ne ricanait pas du tout. Le rouge de ses joues s'effondra au sol. Manon le dévisageait, elle le prenait de court. Il se demandait sans doute quel caleçon il portait. Elle régla les bières et l'attira dehors. Il dit des gentillesses, prit sa main et l'emmena chez lui. Manon frissonna du bas de la colonne vertébrale jusqu'au fond de sa poitrine. Ses oreilles étaient chaudes et son buste soudain creux, les bruits à l'intérieur rugissaient en résonance. Elle ne ricanait plus, elle avait un peu peur.

Il dénicha du vin au fond d'un placard et lui tendit un verre. Manon réprima un rire nerveux, qu'elle transforma en baiser. Il l'entoura d'un bras, ne sachant pas quoi dire. Une odeur de musc et de lait concentré s'envola de ses aisselles. Elle se sentit émue mais se ressaisit aussitôt, glissant sur sa cuisse une main déterminée. Il était encore plus beau nu. Elle observait sa veine battre à la frontière de l'aine. Il la voulait très fort, et caressait sa taille. Ils étaient face à face et nimbés de silence. Manon se surprit à se demander s'il fallait tarifer, puis compta à rebours en allemand, de trente à zéro. Il passait la pointe des ongles très doucement sur son épaule, posant sur son poignet des baisers de fourmi. Elle respirait irrégulièrement.

Elle l'empoigna d'une main de plusieurs fois cent ans. Il avait dans les yeux la lueur d'un don. Elle détourna les siens. Sa main automatique accélérait franchement. Il eut l'air surpris, puis ferma les yeux, les rouvrit peu après pour lui demander de cesser. Elle obéit. Il l'allongea près d'elle et découvrait sa peau, les doigts flânant de paresse et d'émoi. Manon trouva le temps interminable. Il murmura à son oreille, et elle resta aphone. Elle se récitait les villes commençant par la lettre *b*. Il y en avait beaucoup. Après Brême et Bangalore, elle l'enfourna sèchement. « C'était ça qu'il voulait, hein ? » Il ne répondit pas mais elle n'en tint pas compte. Elle s'acharna quelques minutes, susurrant des banalités de circonstance. Ses yeux étaient rivés sur une peinture marouflée. Il lui saisit le cou, approcha son visage et demanda doucement : « Mais tu es où, là ? » Elle continua un instant avant de le repousser.

Baptiste se redressa, les bras ballants. Il ne comprenait pas ce qu'il se passait. Manon n'en était pas sûre non plus. Il embrassa son cou et demanda à voix basse qu'elle lui parle. Qu'avait-elle ? Elle le regardait fixement, butée de ne plus oser bouger. Il attendit un peu, et mis de la musique. C'était Robert Wyatt, l'album *Rock Bottom*. Manon lui raconta qu'il l'avait composé juste après l'accident qui avait paralysé ses deux jambes. Il ne le savait pas, mais avait l'air de s'en foutre. Il revenait à la charge. Qu'avait-elle ? Il la prit dans ses bras. Elle continuait ; Wyatt vivait à Canterbury, et elle adorerait le rencontrer. D'accord, mais qu'avait-elle ? La musique étiolait la résistance de Manon. Il attendait une réponse, elle en cherchait une. Si elle avait été Henri Calet, elle aurait dit : « Ne me secoue pas, je suis pleine de larmes. » Mais elle était Manon, alors elle fit : « Mmpff. » Elle en bredouilla plusieurs en tremblotant des lèvres avant de sangloter. Il alla lui chercher un verre d'eau dans la cuisine. Elle en profita pour enfiler sa robe et partir en courant. Arrivée chez elle, elle se rendit compte qu'elle s'était enfuie, mais décida de ne pas y penser. Elle s'endormit paisiblement.

*

Manon trottinait vers le *Cheval de Feu*. Ses pas étaient pressés et ses yeux dans le vague. C'est lourd à trimballer, un Baptiste. Ça germe ou ça pourrit, mais ça prend de la place. Ça s'étalait déjà, sans qu'elle n'ait rien demandé. Elle ne l'avait pas revu. Plusieurs fois dans la semaine, le téléphone avait sonné. C'était peut-être sa mère, c'était peut-être lui, c'était peut-être un démarcheur. Le téléphone avait sonné, et elle l'avait regardé, tétanisée. Elle atteignait maintenant le coude de la rue Louvain. Devant le cabaret, le gros Russe fumait, complimentant des mains n'importe quelle femme qui passait. Une voiture ralentit et Becky en sortit. Son mari l'accompagna au sas avant de l'embrasser.

Dans les vestiaires, Manon regardait Becky. Elle n'avait pas grand-chose à faire, elle était déjà maquillée. Manon attendit qu'elles s'installent au bar et boivent leurs premiers verres. Elles papotèrent un peu des clients de la veille, puis Manon se lança :

— Mais comment tu fais avec ton mari ?

Les yeux de Becky s'illuminèrent d'amour.

— Par rapport aux clients ? Elle s'esclaffait. Mais ça n'a rien à voir, du ton de l'évidence.

« Ça n'a rien à voir », redit-elle avant d'aller louvoyer.

La salle s'emplissait. Pascal la regardait. Il attendit qu'elle finisse de danser, puis s'approcha :

— T'as changé de coupe de cheveux ?

Pas depuis un an. Elle ne répondit pas. Il l'examina, puis dit d'un air faussement enjoué :

— Alors, c'est bien ça, hein ? T'as rencontré quelqu'un ?

Une chaleur grésillait à l'orée de sa gorge, ses joues se contractèrent au niveau des pommettes, tirant vers les oreilles les deux coins de sa bouche. C'était un sourire. Baptiste se mettait à déborder.

— Regarde, là-bas, Bertrand vient d'entrer, il

est pour toi. Ah oui, et ce soir, au fait, t'es de water show avec Vanda.

Bertrand. Bertrand, c'était du gâteau. Du gâteau mou et crémeux, sans fourrage surprise ou croquant inattendu, des parts prédécoupées, un ordre déterminé, du simple comme bonjour, un de ces bonjours lancé machinalement mais suffisamment audible pour qu'il n'y ait pas à le répéter. Elle descendait les escaliers.

Claire se renfrognait. Manon lui racontait les boucles et les sanglots, et Claire ne disait rien. Elle continuait de maigrir, comme si elle s'acharnait à rentrer dans une version d'elle trop exiguë. Il semblait à Manon qu'elle maigrissait en ce moment même, entièrement absorbée par son rétrécissement. Elle lui manquait. La came lui avait tout noyé dedans. Elle pourrait l'accueillir chez elle quelque temps. Elle plaquerait la bouche contre ses yeux pour recracher ce trop-plein de venin – et Manon pensa au baiser. Elle l'avait tellement trituré, tentant de le revivre ou de le comprendre, creusant son importance puis l'escamotant, qu'elle en avait épuisé le souvenir. Était-il même réellement advenu ? Manon dévisagea son amie, puis rebroussa pensée. Où en était-elle ? Ah oui, la mettre en garde, s'en occuper, la guérir. La guérir. La lancée de Manon se court-circuita. Quel égoïsme. Claire n'avait jamais exprimé l'envie d'être sauvée. Manon la regarda longuement. Elle se laissa traverser par la colère, la culpabilité, la tristesse – tous les bons sentiments. Puis, rien. Mieux valait s'éloigner pour l'instant. Elle pensa à Baptiste et retrouva le sourire.

Manon attira un homme à l'étage. Elle l'avait eu plusieurs fois, et en gardait une impression de dimanche en ciel gris, pesant et monotone. Il était malpoli, et refusait de se plier à la règle tacite des vingt minutes par bouteille de champagne. Il pinaillait toujours au-delà, arguant d'un service incomplet tout en refusant de doubler la mise. Manon s'égarait parmi les boucles blondes. Elle pensait à ce qui s'était passé chez lui. Elle manœuvrait l'homme avec diligence ; il serait une confirmation du plaisir qu'elle pouvait susciter. L'homme geignait beaucoup moins, et se montra même courtois. Ses yeux la remerciaient de la grâce à venir, et il se répandit en un long ex-voto. Manon en fut flattée, il était réputé coriace. Elle tendit l'oreille. *Non-mais-t'as-vu-c'qui-passe... j'veux-l'feuilleton-à-la-place.* Bashung chantait un peu plus fort que d'habitude. Pascal avait monté le son pour emplir le bassin sans gêner les conversations.

Manon entassa ses cheveux sous une charlotte en plastique et rejoignit Vanda dans l'eau. Le bassin était éclairé de manière à ce que seuls les corps soient visibles depuis les chaises. Les filles faisaient de leur mieux pour barboter avec sensualité, l'eau jusqu'au cou, la tête échappant aux regards sous une coque noire. Seules les grandes accédaient au water show, qui représentait un bonus financier, mais une soirée pénible à entrer et sortir de l'eau toutes les heures. L'Algérienne minuscule aux dreadlocks blondes avait insisté, une fois, pour essayer le « vateurcho ». Pascal l'avait dégagé en moins de cinq minutes, assénant d'une voix irritée que ni les joues gonflées de ne pas respirer ni les jambes qui moulinent pour flotter à la surface n'étaient des visions émoustillantes.

Vanda la regarda pénétrer l'aquarium d'un œil circonspect. Manon était radieuse, le miroir des autres le lui indiquait depuis le début de la soirée. Elle aussi constatait sa bonne humeur et, ce faisant, elle s'irradiait elle-même. C'était une escalade de bien-être, si démonstrative qu'elle en paraissait louche. Manon se déliait dans l'eau tiède, poursuivant des yeux les petites billes orangées au bout des pieds de Vanda. Elle la complimenta sur son vernis à ongles, et Vanda la considéra avec étonnement. Après quelques échanges du même type, Vanda se décontracta. Elles parlèrent brièvement du travail au cabaret et des plages à Ostende, où habitait avant Vanda. Avant ? Pourquoi être partie ?

C'était une histoire d'amour. Manon accrocha ses jambes autour de sa comparse et saisit machinalement ses tétons. Seule, le water show était phénoménal d'ennui. Il fallait regorger d'imagination pour trouver des poses et des mouvements avantageux dans l'eau. À deux, c'était facile, il suffisait de se grimper dessus, ça marchait très bien auprès des clients et c'était moins barbant que de frotter au ralenti l'aquarium de son corps.

— Nan, parce que tu vois, le mec, ça se passe bien et tout, et puis après, tu lui dis et là, ça casse. Le mec en général, il te fait pas confiance, ça le fait flipper.

— Ouais. Attends, mets ton pied sur mon épaule, ça me fait mal, là.

— Alors que franchement, lui, il est boucher et moi le sang, ça me dégoûte, ben je lui ai pas demandé pour autant de devenir fleuriste.

— Il a dit quoi quand tu lui as dit ?

— J'en avais marre de lui mentir tout le temps, et je vais chez ma sœur, et je fais des extras dans un restaurant de nuit. Je lui ai dit comme ça. Au début, il a fait genre pas de problème, je respecte, nous, on s'aime nanani nanana.

— Ah, ouais ?

— Ouais, on était ensemble depuis dix mois, il voulait qu'on s'installe, il avait même parlé d'enfants. Moi, j'aurais aimé. Arrête de pincer, ça me gratte, viens, on colle le cul aux vitres. Alors, au début, rien de spécial, et puis un jour, il me parle d'un de ses copains.

— J'ai envie de fumer. On en a pour longtemps encore ?

— On sort dans trois minutes. Il me parle de son copain tu vois, comme ça, et c'est un mec bien, et il est gentil. Ça dure plusieurs semaines, je fais celle qui comprend pas, j'attends qu'il crache.

— Le petit bâtard.

— Exactement. Il a fini par proposer, alors moi je lui dis mais ça va pas ou quoi, et il me répond tu le fais bien avec tout le monde alors pourquoi pas lui. Après, ça a dégénéré. Dès que je parlais à un mec, le serveur, le boulanger, il faisait des crises à la maison. Il faisait n'importe quoi. Regarde la loupiote, c'est bon on peut sortir.

Manon descendit aux vestiaires. Elle avala une part de pizza, refit son maquillage. À peine eut-elle remonté qu'elle entendit la voix de Pascal l'annoncer. Elle le rejoignit derrière le bar et posa sa main sur le micro.

— Je viens de manger là.

— C'est pas mon problème, j'ai que trois danseuses ce soir.

Pascal partit dans son bureau. Manon traînait des talons sans trop se secouer. Elle souriait à Claire, pour sourire à quelqu'un. Claire, les paupières croupies, se courbait vers la léthargie. Deux quinquagénaires en profitaient pour passer les mains sous sa robe. Claire remuait vaguement, avant de continuer à sombrer. Manon, assignée au podium, ne les quittait pas des yeux. Elle oublia sa digestion et s'énervait à la barre, se hissait et se laissait tomber pour se rattraper au dernier moment. Les hommes s'encourageaient, le sourire goguenard. Manon leur aurait bien lancé ses chaussures à la figure. Becky s'approcha, languide, de la table de Claire. Elle se fit inviter et flirtait sans réserve. Manon dégrafait son corsage. Les hommes étaient grisés par le charme de leur nouvelle invitée. Ils laissaient Claire planer en paix. Manon, rassurée, n'avait bientôt plus rien à ôter. Un homme embrassait l'épaule de Becky, l'autre lui parlait, docile et soumis. Becky haussa la voix, un client à chaque bras :

— Et alors, messieurs, vous avez sans doute des enfants, peut-être des filles de l'âge de mon amie, assise à nos côtés.

Ils eurent un mouvement de recul. L'un devint livide, l'autre marmonna son bon droit : « Rrro... ça va, y a pas de mal. » Il s'emballa dans un début d'esclandre, puis se tut à la vue des bras croisés du gros Russe. Pascal déboula, du gel fraîchement passé dans les cheveux.

Sentant une situation, il feignit, tonitruant, de recouvrer autorité. Il écarta le Russe et ménagea les deux clients, leur demandant à la fois de partir et de revenir une autre nuit. Il envoya Claire aux vestiaires. Elle reparut en pantalon et grosse doudoune. On entendait Pascal hurler dans la rue. Il rentra seul au cabaret en grognant : il n'avait plus que deux danseuses. Il jeta à Manon un regard qui disait : *Tu vois, je te l'avais bien dit*. Elle baissa les yeux.

Vanda versait la bouilloire dans le bassin. Elle raconta le client précédent. C'en était encore un qui jouait les sauveurs. Elle ricanait. Manon l'interrompit.

— Et avec ton mec, quand vous étiez ensemble, c'était comment au lit ?

Vanda la dévisagea et un éclair indicible envahit ses pupilles. Elle dévia la conversation. Manon l'observait, surprise. Elle connaissait bien ce regard, c'était celui d'Irina quand elle disait sans dire ce qu'elle ferait à l'étage durant les négociations. Se le voir adresser faisait un drôle d'effet. Elle tenta de la rattraper.

— Non mais tu compartimentes comment ?

Elle l'avait perdue. Vanda était lancée sur ses vacances en Tunisie, et prétendait ne pas entendre les paroles de Manon tout en soutenant fermement son regard. C'était désagréable.

— Ho ! Vanda, je te parle.

Volubile et badine, elle bottait magistralement en touche, la main sous l'eau entre les cuisses de Manon et la conversation en ligne droite comme si celle-ci n'existait pas.

*

« C'est le porteur ? » demanda Baptiste à l'agent immobilier en toquant du poing contre le mur. « Affirmatif », s'entendit-il répondre.

Manon n'acheva pas son inscription universitaire. Elle fut remerciée en moins d'un mois de la résidence estudiantine. Le téléphone avait sonné, sonné, et encore sonné, et elle avait répondu. Elle s'était décrite très occupée, il avait insisté, elle avait décliné un rendez-vous, arguant de son déménagement, il s'était incrusté à la visite finale, prétextant des talents de bricoleur puis, face aux refus de Manon, de maçon et enfin d'architecte.

Il désignait le bout du couloir. « C'est le compteur ? » demanda-t-il. « C'est le compteur », répondit l'agent.

Manon le contemplait. Il fronçait les sourcils en approchant le nez des interrupteurs, tâtait la bakélite puis hochait la tête. Il marchait d'un pas lourd, examinant les gonds des portes et les lattes du parquet. Il pointait une moulure au plafond, sondait l'agent du regard, constatait que celui-ci n'avait rien à en dire puis ravisait son doigt. L'agent pianotait sur sa mallette en regardant sa montre. Dans la cuisine, Baptiste se frotta quelques instants le menton. Il oscilla d'un pied à l'autre, changeant son angle de vue sur l'objet de sa perplexité. Une main sur le robinet, l'autre s'imprégnant du contreplaqué du meuble sous-jacent, il tourna son visage vers l'agent. « C'est la sortie d'eau ? » demanda-t-il, s'assurant de l'effet de sa perspicacité sur Manon. L'agent lui tourna le dos. « Vous n'aurez qu'à déposer les clés à l'agence », dit-il à Manon.

Ils étaient maintenant seuls dans le salon baigné de lumière et de promesses. Elle se rongea un ongle, il se gratta la tête, elle replaça une mèche, il croisa les bras. Manon s'approcha, le saisit par la ceinture et distilla un long baiser plein de langue et d'assurance. Emportée par l'élan, elle se mit à ondoyer, d'abord timidement puis d'un roulis forcené. Baptiste la repoussa délicatement, décala son visage et étreignit sa main. Comment allait-elle ? Il était heureux de la voir, il aurait souhaité la voir plus tôt. Plus souvent aussi, peut-être même tous les jours. L'onctuosité de sa voix ébranla Manon. Elle claqua la main qui caressait son oreille et s'agenouilla devant lui, prête à le déboutonner. Il la releva aussitôt et la prit dans ses bras. Interloquée, elle s'en arracha.

Elle dessinait des doigts les meubles à venir. Ici un canapé, là-bas un secrétaire. Il écoutait calmement, heureux de la voir s'ébahir de joie. Il demanda comment elle ferait pour assurer le loyer qui dépassait certainement l'ensemble de ce que lui gagnait en petits boulots. Manon lui adressa le regard de Vanda, et continua à évoquer le bleu Majorelle, ce ton outremer et intense auquel elle pensait pour les murs des toilettes.

Ils marchaient dans la rue. Le ciel ourdit la nuit à venir en une ultime lancée rose orangé. Manon s'emmitouflait dans l'air satiné par la compagnie des boucles blondes. Baptiste saluait la cuisine d'un restaurant et sa devanture se parait de milles enluminures ; Baptiste déplorait l'incompétence d'un cordonnier et sa vitrine dégoulinait d'une épaisse lave noire. Ils s'embrassèrent longuement devant l'agence immobilière. Après, la soie de la pluie caressait son visage. Les choses et les gens révélaient leur éclat, soudain enrichis d'une flamboyance vivace.

*

— Pas mal !

Tomas en prononçant le *s* était éclatant. Sa mèche se collait à son front en sueur. Une main encore en Manon, l'autre s'entrouvrant lentement, il désignait du nez la chenille blanchâtre expulsée au mur. Manon se calmait comme un moteur, revenant de ses gémissements en soupirs bruyants. Tomas se lava les mains avec un fond de champagne, inondant la moquette. Il saisit les pans de sa veste et la réajusta, courbant le cou d'un mouvement d'épaule. Il faisait ça toutes les trois minutes environ ; avant Manon s'en exaspérait, désormais elle s'en attendrissait. Elle dévala les marches d'un pas léger.

Un comité d'entreprise célébrait la signature d'un contrat. Ils écarquillaient des yeux benêts. Manon regardait les filles, c'est vrai qu'elles étaient alléchantes. Becky avait de la chance, sa peau lui permettait de porter toutes les couleurs. Cette nuit, une robe cuivrée la couvrait des épaules aux fesses, le dos emprisonné de lanières compliquées à nouer. Une nouvelle se tortillait près de la tablée. Elle avait un corps adorable, des seins à peine éclos, une taille étroite et les fesses pommelées. Aux vestiaires, Manon avait aperçu ses cheveux coupés très court, mais Pascal soutenait que les clients préféraient les cheveux longs. Elle s'était transformée en brunette à frange droite lui rasant les sourcils. La brunette se déhanchait de haut en bas devant un client. Elle sentit le regard de

Manon, et le rendit d'un sourire qui lui parut obscène. Une seconde durant, Manon imagina le pelage spumeux, le ventre désinvolte, les petits seins pointant en dessous du menton et la frange ébouriffée qu'elle pourrait admirer si la brunette un jour s'asseyait sur sa bouche.

Tomas enfilait sa gabardine en laine peignée. Il commenta à Pascal la performance d'Irina ; et Manon, l'entendant, s'en enorgueillit. Tomas lui murmura une salacerie en anglais, lui donna du « vous » en français puis une bise chaleureuse. Manon saisit la barre verticale et s'y lança avec entrain. L'inox contre sa peau fit tressaillir ses jambes, comme elles avaient tremblé dans l'appartement vide. Elle pensa à Baptiste et s'élança de plus belle, dardant les spectateurs d'une allégresse contagieuse.

Pascal vint lui parler d'une histoire de pourboire. Elle n'avait, lui sembla-t-il soudain, jamais remarqué la virilité de son charisme. Il agitait des bras animés de conviction, elle scrutait son visage en l'imaginant dur. Il servit un client et revint vers elle. Elle le vit d'un coup faire glisser sa chemise, et attraper ses hanches pour les plaquer au bar. Il se frottait à elle avec voracité, elle empoigna son cou, il lui ordonnait des choses en portugais. Il cria « Irina » en claquant plusieurs fois ses doigts devant son nez. Elle le dévisagea. De l'autre côté du bar, il tendait le planning du mois de décembre pour qu'elle remplisse les cases de ses disponibilités. Il lui demanda si elle était droguée ; Manon écarta cette facilité d'un mouvement de tête jovial.

La brunette acrylique se trémoussait près du bar pour personne en particulier. Manon vint lui parler ; elle avait du Brésil un accent ravissant qui butait sur les *t* et enrobait certaines voyelles. Elles descendirent aux vestiaires remettre du fuel, un anxiolytique pour elle, un trois feuilles d'herbe pour Manon. La brunette déperruquée apprit à Manon, dans un crachat dédaigneux, que Claire-Nina travaillait désormais avenue Louise, à quelques encablures. C'était toujours surprenant ces hiérarchies de principe où la rue est considérée comme le caniveau alors que le travail est le même.

*

— J'ai rencontré quelqu'un.

La phrase caracola de la bouche qui l'avait prononcée aux oreilles contiguës en aspergeant le cerveau qui, bien que l'ayant formulée, en était tout de même baigné d'émotion.

— C'est bien, ma chérie, et comment vont tes études ?

Les études ? Tant d'insignifiance. Le remords du mensonge délayé dans l'habitude, elle répondit :

— Très bien, ça va. Je dois y aller, je t'embrasse, maman.
— À jeudi prochain.

*

Leurs nuits suivantes, nerveux comme un candidat à l'embauche, Baptiste n'osa plus interrompre les élans de Manon. C'était la démo, en veux-tu en voilà : le pied qui passe d'une épaule à l'accoudoir, la succion infaillible des muscles internes, les mots bouillants répondant au bassin et les regards qui accompagnent les gémissements. Il n'était pas vraiment dupe. Ses pupilles se rétractaient d'un quart de millimètre quand ses muscles raidis suspectaient l'exubérance. Elle non plus n'était pas dupe. Son corps habitué, pourtant, produisait des faux-semblants lubrifiants. Mécanique, opérant, invariant. Bonne machine, fabrication allemande. Quand même, il faudrait bien se mettre dans la tête qu'ils étaient deux au lit. C'est-à-dire, elle aussi. Elle se souvenait vaguement de la spontanéité : l'envie, la boussole, et l'aiguille qui désigne en frétillant. Il n'y avait plus d'aiguille. Et soudain, un orteil dans les boucles blondes, l'angoisse terrassante qu'il n'y en ait plus jamais. Son corps n'avait plus que ses contours. Dedans, le vide, et sa queue où se cramponner pour retenir la chute.

Manon chancelait. Ce qui était certain, c'est que c'était un trouble. Dans le gel des intuitions, il ne restait plus qu'à décider duquel. Lui était convaincu, elle se laissait glisser.

Une fine couche d'eux vernit l'appartement de Manon : les cornichons qu'il aimait dans le frigo, des cheveux d'or au pied du lavabo, des reliques de leurs tête-à-tête. En plissant bien les yeux, furtivement, dans l'entrebâillement d'une porte ou d'une paupière torpide, dans l'éclair d'un songe ou d'un éblouissement, il semblait à Manon que l'image de Baptiste se confondait avec celles d'Emmanuel et de S. Manon, rayonnante, s'encouragea à conclure qu'elle accueillait les boucles blondes dans le panthéon des hommes indélébiles.

Il fallait justifier son confort matériel et ses empêchements fréquents. Sa mémoire se musclait, dense et précise, à force de descriptions et de détails filés sur plusieurs semaines. Il y eut bien une gêne au début, puis le dispositif du mensonge s'était si naturellement édifié qu'il devint une habitude huilée. Elle agençait ses différentes facettes comme avec sa mère ou ses clients, mais n'était-ce pas le cas de tout le monde, à des degrés divers ? Et puis, finalement, lui non plus ne parlait pas beaucoup de ses heures en tant que télé-enquêteur ou animateur de colonies de vacances.

L'autre surveillance était plus perturbante. Il suffisait d'un rien d'incertitude ou de malaise pour qu'elle se voie rejeter la tête en arrière pour rire dans les aigus, à pétasser la bouche entrouverte en se tripotant le lobe. Des attitudes légèrement forcées et beaucoup trop professionnelles, comme si elle avait besoin de s'abaisser à faire tomber le string mental. Elle pensait : *Je suis en train de gravir une montagne.* Puis contre-pensait : *Non, je suis simplement en train de boire un café.* Baptiste surgissait, le visage lumineux encadré de boucles damasquinées, les mains apaisantes, et Manon s'accrochait.

Elle le regardait tomber. Il demandait parfois des mots et des gages, et Manon s'émouvait du désir qu'il témoignait. Il questionnait en gestes plus qu'en paroles, et elle affirmait, soucieuse de lui faire plaisir plutôt que d'écouter ses doutes.

*

Au mois de décembre, au cabaret, il n'y a pas grand monde. Les hommes économisent leurs sous pour les cadeaux, et beaucoup de danseuses et d'hôtesses étendent leur congé des fêtes pour prendre des vacances prolongées en famille.

Pascal faisait les comptes au fond de la salle, Manon lisait le journal et une métisse boulotte grignotait des chips. Madonna chantait son sentiment de virginité.

Bernard entra sous l'accolade chaleureuse du gros Russe. La métisse coupa court à sa mastication et se précipita sur un podium, tanguant du mieux crinière mousseuse et galbe fessier pour attraper le seul client de la soirée. Manon l'observait avec le dédain adolescent d'une certitude intangible ; aucune chance, pensait-elle, aucune chance. Bernard, faussement hésitant, discutait avec Pascal en dégustant Manon des yeux.

Il venait auparavant, de son propre aveu, chercher chaque mardi auprès d'Irina une illusion de décadence entre un mariage délétère et une entreprise croupissante. Leur dernière fois, il préparait son divorce, et Manon avait eu l'intuition qu'il ne reviendrait pas. Son intuition ne l'avait pas trompée, et il la serrait maintenant dans ses bras, heureux de la retrouver comme une vieille copine. Il avait finalement emménagé à nouveau avec sa femme, expliquait-il à Pascal. Durant son célibat, il avait chassé les jupons non marchandés dans les bars de Saint-Gilles. Il s'esclaffait, une main sur le dos de Manon. Et il aurait mieux fait de s'en tenir au *Cheval de Feu*, vu les soucis que les petites amies lui avaient causés.

Bernard avait raconté, auparavant, les détails de son rituel du mardi soir. Les passants qu'il toisait fièrement. Les billets qu'il retirait en jetant des regards à droite et à gauche, puis qu'il triturait dans sa poche. Sa voiture qu'il garait quelques numéros plus bas en prenant soin d'en faire disparaître les objets qui pourraient l'identifier. Son plaisir, même, de placer un réflecteur sous le pare-brise et des peluches au-dessus du coffre. Ses chaussures qu'il changeait pour une raison que Manon n'avait pas comprise. Et son pas pressé, inquiet et excité, enfin, quand il s'engageait vers le *Cheval de Feu*.

— Alors, tu es revenu ?

— Comme la sève monte aux arbres même s'ils doivent briser le béton pour pousser !

Manon lui souriait, elle était contente de le voir. Il avait la quarantaine poilue, sourcils touffus, moustache imposante, les ongles impeccables, et des petits yeux alertes où s'agitait toute sa sagacité. Dans les escaliers, elle remarqua son sac à dos. Les hommes ne venaient jamais avec un sac à dos, à la limite un attaché-case s'ils arrivaient du bureau. Le gros Russe n'avait pas renâclé, alors elle n'avait pas non plus à se méfier. C'était Bernard après tout, le Bernard à la toison grisonnante entre les pans de la chemise qu'il déboutonnait jusqu'au nombril, avant, pour sentir la poitrine dénudée de Manon.

Bernard n'était pas tranquille sur le canapé. Il bafouillait et avait dans les yeux une retenue interlope. Manon déployait un bavardage en attendant. Mais que voulait-il, qu'il le dise, enfin. Elle sentait monter ce pincement d'angoisse qui venait parfois avec de nouveaux clients. Mais avec ceux-ci, elle saisissait aisément l'avantage en les intimidant sexuellement. Bernard méritait mieux. De toute façon, il l'avait trop fréquentée pour que le stratagème fonctionne.

Il s'entêtait à se taire, enfermant les mots pesés qu'il ne prononçait pas dans son buste écrasé. Manon babillait, contaminée par sa tension. Assise au bord du canapé, elle analysait ses moindres gestes. Il replaça encore le pli de son pantalon en tirant le tissu. Bernard saisit son sac et en fit glisser la fermeture Éclair, les yeux baissés. Elle se préparait à courir s'il extrayait une arme ; il en sortit un objet oblong et translucide, qu'il dissimula de ses bras, le visage fébrile, avant de le lui exposer. C'était un cylindre souple aux bouts arrondis et de diamètres inégaux, l'un massif et l'autre plus fin. Bernard persistait dans le silence pendant que Manon examinait l'objet.

Il lui jetait des regards pleins d'espoir, pas encore certain de récolter un bon point plutôt qu'une réprimande. Manon posa une main rassurante sur son épaule. Elle aussi, dit-elle, était novice de cette pratique. *Une pratique, ou de la poésie,* pensa-t-elle ensuite. Ils se frottèrent quelques instants, embarrassés d'être ensemble face à une première fois. Ils se souriaient niaisement.

Manon s'inséra la partie la plus épaisse tandis qu'il caressait son cou. L'autre partie de l'embout dépassait d'elle, alourdissant son centre de gravité. Elle fit trois pas en riant. Le mouvement de ses jambes était entravé et dévié de l'étroitesse de son bassin. Elle se tint quelques instants debout, stupéfaite qu'un simple apparat enfoncé l'inonde soudain, et avant même qu'elle s'en serve, du sentiment d'être l'autre moitié de l'humanité en même temps que la sienne. Elle s'approcha, bouleversée ; il semblait l'être tout autant ; et avec une tendre précaution, elle le pénétra lentement.

*

Le lendemain, Manon se rendait en Bourgogne pour les fêtes de fin d'année. Elle prit le train jusqu'à Auxerre et fit le reste du trajet dans la voiture de ses parents. Elle s'écoutait décrire les détails de sa vie d'étudiante. Pour un peu même, elle y croirait.

La voiture franchit la grille noire et ses barreaux en fer de lance. Les branches nues des tilleuls agrippaient béatement le ciel. Le gravillon craqueta sous les roues jusqu'à ce que la voiture se range parmi les siennes.

Le grand-père se tenait devant la porte. Son visage réorganisait ses fronces autour d'un sourire grandissant. Il les accueillit, précisant que Jacqueline était un peu, disons, fatiguée. Manon salua la quinzaine de convives et partit dans sa chambre plonger dans un livre de Kundera. Elle y trouvait nichés, dans l'ombre des personnages, des petits bouts de Baptiste. Les flocons de neige venaient s'abattre contre la vitre dans un clapotis feutré.

Le soir, tout le monde était sur son trente et un pour le réveillon. Manon vit son père traversé d'inquiétude quand sa femme arriva vêtue d'une robe bustier à dentelle très apparente.

— Tu vas dîner ainsi ?

Elle parvint à façonner un ton plus offensé qu'agressif.

— Bien sûr, pourquoi ?

Il la rassura en compliments. Manon les contourna pour rejoindre le salon. Sur le visage de son père, l'inquiétude avait laissé place à de la compassion teintée de mélancolie.

Manon, ravie de retrouver sa grand-mère, s'en alla discuter avec elle.

— Arrives-tu de Bruxelles ?

— Oui, de Bruxelles.

Quelques secondes plus tard, sans se départir de son sourire :

— Mais d'où arrives-tu ?

— Tête de linotte, je vous l'ai dit à l'instant.

Son regard se vida. Elle replaça la broche panthère sur son tailleur crème et s'anima à nouveau.

— Mais oui, bien sûr.

La grand-mère posa son verre sur la cheminée en marbre, évitant de justesse les cousins accroupis qui y enfournaient le petit bois. Elle revint vers Manon.

— As-tu fait bonne route ? D'où arrives-tu ?

Manon examina les yeux bleus effilés par le temps. Les invités passèrent à table.

Un oncle travaillait ses huîtres en succions bruyantes. Il posait occasionnellement une main sur le bras de Manon pour souligner un des nombreux propos qu'il jugeait primordiaux à sa compréhension du marché de l'œuf. Sa mère était assise à côté de la grand-mère. Manon fut saisie par leur ressemblance. Sa mère surprit le regard de Manon, détourna le sien et s'écarta un peu plus vers son voisin de table.

Les œufs bivitellins, c'est-à-dire à deux jaunes, constituent un marché privilégié pour les entreprises de restauration haut de gamme, racontait l'oncle. Il s'apprêtait à illustrer le processus biologique à l'aide d'une cuillère et d'un bout de pain quand la grand-mère frappa plusieurs fois le manche du couteau à beurre contre son assiette. Tout le monde se tut à la surprise de l'aïeule qui, ne sachant pas quoi faire de tant d'attention, se mit à maugréer sur la douloureuse rareté des visites de ses petits-enfants. Ces déclarations ne captèrent pas longtemps l'intérêt du public. Sentant qu'elle perdait son état de centre, la grand-mère haussa la voix pour commenter des événements. Manon vit frémir les sourcils de sa mère. Les cousins riaient nerveusement, les tantes baissaient le menton ou confirmaient aux regards étonnés la sénilité de Jacqueline. Le grand-père lui adressait des « allons, allons » autoritaires mais inefficaces. Manon pensa à Baptiste, mais ça ne lui fut d'aucun secours.

Les faisans aux poires trônaient sur la table. Les convives s'accordèrent tacitement à poursuivre leurs discussions. Seulement, reprit l'oncle, ils ne s'obtiennent que lors d'un changement de troupeau, car ce sont les jeunes poules au début d'un cycle de production qui pondent parfois des œufs à deux jaunes. Le père de Manon savourait le dîner en silence, indifférent. Depuis plus de vingt ans, il réussissait à faire croire à la famille que trop de conversations simultanées fatiguaient sa compréhension. Au fromage, la grand-mère dévisagea tour à tour ses filles, aboyant : « Mais enfin, entendez-moi, entendez-moi. » Le grand-père chuchota à son oreille et Jacqueline se fit silencieuse, le visage boudeur. La mère de Manon trouva un prétexte pour quitter la table. Les invités se passaient la bûche, l'accueillant d'une mimique gonflée. Ils entamaient tout de même le dessert d'une fourchette découragée.

Près du grand sapin, après le café, les convives s'échangèrent des cadeaux dans l'ambiance poussive d'un Noël sans enfants. Manon reçut un jeu de serviettes brodées de ses initiales, un assortiment de savons pastel et un couvre-lit matelassé une place. De sa mère, elle eut une trousse de toilette remplie de crèmes hors de prix. Une main sur sa taille, l'oncle tannait toujours Manon d'un exposé sur le traitement des déjections des poules en élevage industriel.

La grand-mère faisait des tours de salon à petits pas. Elle traînait d'une main un grand panier en osier, dont la tranche raclait le sol. Le débit de l'oncle s'essoufflait et Manon acquiesçait de temps à autre sans chercher à dissimuler son désintérêt. Son père, debout près de la cheminée, se préparait un cigare. La grand-mère baragouinait en froissant les papiers-cadeaux.

Les yeux et la voix de l'oncle dérapaient dans le vide. La grand-mère tenait le panier à bout de bras, et on ne voyait plus qu'un gros panier de papiers froissés, et en dessous une jupe crème avançant péniblement. Le père de Manon fit le tour des invités, annonçant qu'il allait se coucher. « Déjà ! » s'exclama la mère de Manon. Il chuchota en allemand qu'il n'avait rien à prouver.

La grand-mère vida d'un coup le panier dans l'âtre. La cheminée s'enflamma de tout son conduit, et la fumée submergea le salon. Chacun se tut, incrédule, les yeux rivés sur les flammes. Le visage paisible de la grand-mère se noircit de suie jusqu'à ce que le grand-père la traîne dans leur chambre. Les convives se précipitèrent dehors. Les braises sautaient sur le toit par la cheminée enflammée. Le feu crépitait dans l'obscurité de la nuit, griffant d'un grésillement sec le souffle de la bourrasque. Les pompiers débarquèrent quelques minutes plus tard, heureux d'être distraits de l'ennui de la caserne un soir de réveillon. Les deux oncles, contrariés et affaiblis par l'absence de la grand-mère, entamèrent tout de même le match politique.

*

La flemme attisée par une semaine de vacances, Manon n'avait pas envie de retourner immédiatement au cabaret. Ce n'est qu'une fois le premier étage atteint que le temps filait sans s'arrêter. Avant, il butait sur les discussions inintéressantes, les informations parasites et les gloussements inutiles. La curiosité du début, esquintée par les heures d'attente et les matins gonflés, semblait soudain absurde. Quant à la vie et la vue des autres, Manon dans sa tanière ne pouvait s'en indifférer plus. Le téléphone sonnait longuement avant de se décourager.

Il faudrait pourtant bientôt payer le loyer. Et la machine à questions, faisant feu de tout bois et surtout de celui-ci, en profita pour déployer ses « quoi », ses « où » et ses « comment » tentaculaires – et encore, Manon s'épargnait les « pourquoi ». Les heures à la queue leu leu, plombantes et increvables, la brinquebalaient entre tâches et pensées, de doutes en suppositions jusqu'aux accusations. Un jour, Manon retourna toutes ses poches. Elle finit par trouver un petit plastique noir qui promettait, à la raclure, une jolie ligne si blanche qu'elle en parut fluorescente. Une fois tout aspiré et reniflé dans la gorge avec une goutte d'eau pour ne rien en perdre, Manon s'agita frénétiquement. L'après-midi déclinant n'en finissait pas de raser les toits. Elle regardait déjà le plastique noir avec nostalgie.

Subitement, elle pensa à se baigner, et se rendit à la piscine en enjambées nerveuses. Le bassin olympique était divisé en cinq couloirs de nage par des lignes brise-vagues ; il fallait nager tout droit puis faire un demi-tour propre ; les interactions avec les nageurs se limitaient à un signe de tête derrière l'anonymat du maillot-bonnet-lunettes. Trente longueurs de crawl plus tard, la frénésie laissa place à une sérénité équanime que Manon promenait le long des dalles bleues. Les maîtres nageurs, postés en quinconce, tendirent négligemment le menton à son salut de la main.

Elle rentra à pied, songeant qu'elle ferait mieux d'arrêter de fumer tout en allumant une cigarette. Ses pas l'amenèrent avenue Louise. Claire officiait, et Manon lui sauta dans les bras. Elle s'était remplumée, mais cachait sa beauté en cheveux attachés et pantalon couvrant. *Avec ce léger ridicule du chien mouillé*, pensa Manon. Son maquillage en palimpseste de la veille et l'avant-veille avait le trait baveux, la couleur téméraire, et plus de franchise qu'au cabaret, où le client n'a pas besoin d'être achalandé d'aussi loin.

Quand Pascal l'avait renvoyée, Claire était encore passe-partout. Aujourd'hui, sa voix éraillée et lambinante trahissait sans détour l'économie compliquée de l'héroïne quotidienne. Elles se donnèrent des nouvelles, puis Manon demanda :

— T'es grillée dans les clubs, OK, mais pourquoi tu t'inscris pas dans une agence d'escort, un service par téléphone ?

Claire la considéra ahurie.

— Mais t'es malade ? Je vais pas aller chez des inconnus qui pourraient m'attendre à cinq derrière la porte. Ici, je suis bien, regarde, y a le vigile du parking en face, la patronne du bar portugais par là, le métro à deux pas.

Un bon point. Manon s'imagina en horaires réguliers au prochain carrefour. Parlotte épurée, une main empoche, l'autre retrousse, et retour sur le trottoir avant même de le savoir. Claire serait là, elle serait tout près d'elle. Manon repensa au délice du baiser.

— Je vois les mecs quand ils descendent leur vitre, si je le sens pas, je donne un prix trop cher. Avec les filles, on se couvre, on s'assure, on se tient compagnie ; c'est tranquille.

Tranquille ? La rue, quand même. Les flics, la pluie, les riverains qui passent et les prix cassés.

Une voiture ralentit. Claire s'approcha, couvant son conducteur d'un regard plein d'espoir. Le feu passa au vert.

— Et puis, regarde, ici aussi je peux danser.

Avec l'intonation de la reine de la déconne, Claire attrapa des deux mains le poteau du sens interdit et tenta d'y enrouler une jambe, avant de se repousser au sol, les mains perlées de sang.

— Eh merde, c'est vachement granuleux ce truc.

Claire poussa un rire. Manon regardait son visage onduler. Son éclat de rire, imperturbablement charmant, venait égayer le bitume alentour.

Elles regardaient les phares fuir dans le noir, assises côte à côte sur le rebord d'une fenêtre, les pieds dans le vide. Le mollet de Claire frôlait celui de Manon avec l'entêtement désordonné d'un papillon de nuit. Manon se contraignait. La fascination qui l'avait aimantée à Claire un été renaissait à la seconde. Pourtant, alerte rouge. Cette rue était glissante. Il fallait préserver Irina en quarantaine dans des lieux clos. Il le fallait. Pourquoi ? Elle n'essaya même pas de s'engager dans une quelconque justification, trop habituée à secouer des arguments et leurs contraires pour parvenir à égalité. Il le fallait et c'était tout ; de toute façon, elle se ferait broyer dehors, se répétait-elle.

Claire lui taxa une cigarette en sautant sur le trottoir. Un jeune homme aux cheveux mi-longs mi-blonds surgit derrière elle pour chuchoter à son oreille. Manon eut un mouvement de recul ; pas de surprise, mais d'une détestation instinctive. Les racines de ses cheveux répondaient à la touffe étirée en ligne fine jusqu'au nombril. Il tenait les deux mains de Claire. Manon détournait les yeux et Claire soupira exagérément.

— Tu fais chier, retenant Manon d'une main. Attends, je te présente, c'est Emilio.

— À votre service, mademoiselle.

D'une voix mielleuse à l'accent canadien, arrondissant le dos en courbette avant de se redresser. Il horripilait Manon, avec son air bravache et l'exubérance de son attitude qui n'en méritait pas tant. « Tu travailles ici ? » demanda-t-elle quand même, surprise que les filles et les garçons se partagent le même trottoir.

— Sept sur sept en avalant, ni Dieu, ni Marx, ni proxo, ni patron !

C'est qui celui-là ? Est-ce qu'ils sont ensemble ? Claire enlaça le tronçon exposé du ventre du faux blond.

— Emilio, c'est comme mon frère.

Son frère. Le genre de frère qui se glisse sous ses draps ? Manon chassa l'image, s'efforçant de ne pas se sentir concernée. Tout ce qu'elle pensait, c'est qu'il n'était pas à la hauteur de Claire. Sans savoir si ce qui lui déplaisait le plus était que Claire s'entiche de ce personnage, ou que cet énergumène se permette de s'acoquiner avec elle. *En tout cas, t'as la fratrie rapide, toi.*

Emilio fit étalage d'une discussion sans intelligence, sans éclat et, somme toute, sans intérêt. Et Manon se demandait si l'insuffisance de ce garçon reflétait autre chose que sa propre suffisance. Claire revint vers eux.

— Repasse me voir de temps en temps, je bosse là devant la galerie. Fidèle au poste !

Manon hocha vigoureusement la tête tout en se promettant de ne jamais revenir. Elle salua les deux acolytes. Claire, le regard oblique et perspicace, approcha son visage pour embrasser sa joue.

— À bientôt, alors. Enfin, ça s'est déjà vu des anciens fumeurs qui plissent le nez en sentant des clopes passer.

*

Manon bâillait, se demandant pourquoi elle était seule au lit. La décoration était soignée mais minimaliste, nette et sobre comme son instigateur. Elle se leva d'un bond, se laissant guider par une odeur de grillé à beurrer. Patrick était assis au centre du salon, dos face à la monotonie d'un décor suburbain. D'un coup de menton enthousiaste, il l'invita à la table dressée du petit déjeuner. En plus du pain fumant, il avait brouillé des œufs déjà répartis dans les assiettes noires et carrées. Une serviette en papier joliment arrangée indiquait celle de Manon.

Elle passa une main sur les grosses épaules encore humides sous la chemise. Patrick inclina le visage pour, lui sembla-t-il, respirer l'odeur de ses doigts. Le geste à produire en réponse était de caresser sa nuque. Après s'en être acquittée, Manon prit place face à lui.

Ils se racontèrent au ralenti du matin leurs plans pour la journée. Patrick prit des nouvelles des parents de Manon. Elle confia en trémolos vocaux la sénilité de sa grand-mère. À son tour, il raconta l'état du conflit avec son associé. Sa main d'ours, rongeant son frein près de la confiture, se jetait en prédatrice sur celle de Manon dès qu'elle n'en avait pas l'usage. Manon le laissait ensuite doucement presser ses doigts.

En débarrassant les assiettes, Manon essayait de se rappeler ce qu'il s'était précisément passé la veille. Quelques jours auparavant, elle avait trouvé trois cartes de visite au fond du sac qui transportait les tenues du cabaret. Patrick avait répondu en premier, et ils avaient dîné.

Elle se rassit pour finir cette dernière goutte de café. Il promenait sur elle des yeux tendres.

— Tu es belle dans la lumière du matin.

Somnolente et certainement mal démaquillée, Manon fit une moue. *Épargne-moi ton baratin.*

Patrick souriait en explorant sa sacoche.

— Avec un compliment, je pensais que tu me ferais une ristourne.

Il déposa les billets sous sa tasse de café.

— Je plaisante, ma puce.

C'est vrai qu'à côté de lui, tout le monde était une puce.

— Enfin, on peut pas dire que tu aies eu à en faire beaucoup.

Il caressait l'avant-bras de Manon d'une affection qui, elle le savait bien, ne lui était pas particulièrement destinée ; il avait juste besoin de la donner. Les yeux de Manon se désembuaient doucement. Elle se souvenait ; effectivement, la tête lourde et le décor tournoyant, elle s'était assoupie en s'allongeant au lit. Pas la moindre action. Seulement le bras lourd de Patrick entourant sa taille au petit matin. Manon saisit l'argent sans mégoter. Elle regardait Patrick. Il appréciait ce moment. Elle était sûrement son unique intimité. *C'est d'un pathétique,* conclut Manon, qui se résolut pour son confort à accueillir une vague de mélancolie portant abstraitement sur le genre humain.

— Va prendre ta douche, ma puce, je te dépose.

*

Baptiste l'embrassait, elle se déshabilla, et il objecta qu'elle le privait encore du plaisir de la dévêtir. Elle l'entreprit tout de même, émue de voir un renflement élastique tendre son jean. Il réitéra. « Attends, attends » ; elle continua. Il repoussa ses assauts trop directifs pour l'approcher d'une douceur dans laquelle il la souhaitait tapie. Il l'étreignait lentement, la picorant d'attentions et de tendresses qui ennuyaient Manon de mièvrerie poisseuse. Elle avait ravalé sa contrariété de ne pas le conduire. Elle le touchait, silencieuse et concentrée, se demandant à chaque mouvement comment on faisait, déjà, quand on ne ciblait pas le rendement.

Rien ne semblait fluide. Le geste de trop ou le geste de moins, la seconde irrattrapable de décalage, l'élan mal en point et l'envie de travers. Ennuyée, elle sombra par réflexe dans la satisfaction du travail bien fait. Manon se voyait, déconnectée, apathique, l'œil noyé comme elle ferait les courses au supermarché. Puis se ressaisissait, mal à l'aise. Mélanger les registres ? Une aberration, un malentendu, ça n'arrive qu'aux autres. À soi, le mieux-valoir. Alors, réinvestir. Oui, mais. Chaque geste ressemblait à tous les autres. Lui aussi. Pourtant, le vouloir et lui faire savoir. Quitte à surfaire le cri et la cambrure. Attention. Ni trop fort, ni trop faux. Parce que ça, c'est Irina. Elle se ressaisissait, mal à l'aise. Mélanger les registres ? Et *bis repetita*. Alors, Manon se résolut – consciemment, en dirigeant en ordres silencieux son cinéma intérieur – à se jeter dans l'ivresse du masque et laisser libre cours à l'Irina cachée sous l'armure de Manon ; mais Baptiste n'en finissait pas de poursuivre sa face manonesque en exigeant ses yeux ouverts et en scandant son prénom. Il gâchait tout. Manon n'arriva ni à succomber ni à y prétendre, cadenassée entre la peur irrationnelle qu'il suspecte sa planque et l'épouvante de ne plus ressentir.

Baptiste, bonne pâte et bonne nature, se retira mi-cuit pour la câliner et la rassurer. Il n'y cherchait pas de thermomètre d'eux. La confiance se gagne au temps. Ça deviendra simple. Il devait la penser semi-frigide. Ç'aurait pu être drôle, c'était surtout angoissant.

Manon, allongée, regardait ailleurs. Elle n'avait jamais été particulièrement manichéenne. Chaque histoire a sa beauté, et certains moments n'appellent rien de plus qu'un attachement sincère. Mais par la force des choses, elle s'était imprégnée du conservatisme des anciennes du cabaret. Des clients, mais un amour, sans confusion possible. C'est un fil barbelé qui sépare le rémunéré du gratuit. Le franchir ou s'y tenir est tout aussi blessant. Il n'y a que les clients pour croire les filles quand elles les appellent bons amis, sans se rendre compte que l'aide au loyer et aux vacances remplacent simplement les billets alignés. Le seul sens possible de la gratuité, c'est l'amour. Celui de l'avant/après et sans retour possible. Baptiste n'était pas un départ – au moins, il ne serait pas un naufrage. Mais quel autre pont que lui pour changer de temps en temps de rive et se souvenir qu'en face, c'était différent d'ici. Elle prétendit s'endormir.

Au matin, assise à la tablette de la cuisine, Manon égrugeait une biscotte en observant Baptiste. De trois quarts, en gestes lents et imprécis, il versait le café moulu dans l'entonnoir en métal moucheté de vieux brûlé. Le mouvement nonchalant de familiarité avec lequel il se grattait la cuisse, les doigts flottants encore, incertains et repliés. Un rai de lumière effleurait la moitié gauche de son visage. Plutôt que de se décaler avec son attirail de café, Baptiste plissait l'œil gauche, emportant parfois l'œil droit dans le froncement confus de paupières difficiles à disjoindre.

Il s'enquit de sa famille, elle prit des nouvelles de ses camarades de fac.

En débarrassant les assiettes, Manon se demandait ce qu'il se passait exactement.

Debout dans le salon, elle buvait une dernière rasade de café. Le salon chez Baptiste, assorti d'un balconnet, était exposé plein nord. Dans une ville chiche en soleil franc, c'était s'assurer d'une ambiance cafardeuse que contraient modérément les lampes sur les étagères. Baptiste s'approcha, et déposa d'un geste timide un petit paquet-cadeau. Elle ne fut pas surprise, pas même flattée. Voilà qui allait – elle cherchait le mot exact – lubrifier leurs rapports ; elle l'avait bien mérité ; restait à voir si le cadeau valait ses efforts. Elle trébucha sur ce dernier morceau de phrase et le repassa plusieurs fois. En s'écoutant penser, sans l'ombre d'un frémissement, elle leva vers Baptiste des yeux dont l'apparente franchise lui fit honte. Elle jouait à la dînette avec quelqu'un qui avait faim pour de vrai. Elle sentit dans son ventre la mémoire d'une peur, celle de la solitude que laisse présager son adresse à si bien dissimuler et jouer. Face à Baptiste, debout dans le salon sombre, Manon se fouillait, de plus en plus accablée. De cette peur, il ne restait que le souvenir. C'était qu'elle n'émerge même plus qui lui faisait tant honte.

Ensuite, tout alla très vite.

— Tu ne l'ouvres pas ?

— Non, je ne l'ouvre pas.

Un raclement de gorge.

— Tu n'en veux pas ?

— Non, je n'en veux pas.

Des regards incertains.

— Je pensais que ça te ferait plaisir.

— Je ne veux certainement pas de ton plaisir.

Un long silence.

— Prends ta douche, je te raccompagne.

Qu'est-ce qu'ils avaient tous à vouloir lui faire prendre des douches ? Elle s'exécuta. Sur le chemin, Manon débita les excuses sans imagination des ruptures insignifiantes. Baptiste passa en revue leurs instants pleins de son sens. Il échafaudait des preuves et argumentait un sentiment. Manon, l'écoutant, se sentit dépossédée. À deux pas de son appartement, elle lui demanda de cesser.

Chez elle, Manon fonça sur le fauteuil. Elle s'éparpillait. Elle défit son pantalon et se frotta comme la lampe pour faire apparaître le génie.

Avant, bien avant, les supports de ses divagations étaient des gros plans, des à-coups, des souvenirs d'émotions liées aux odeurs et aux attitudes. Son trop-plein quotidien avait esquinté l'envie d'en rêver. Cette fois, elle se força à errer entre des scénarios rompus et des corps indéfinis. Manon vit apparaître un dos parsemé de taches de rousseur. Sa main ralentit de surprise et son buste épousa mollement le drap. C'était Claire. Elle s'interrompit d'abord, puis lui tourna autour. C'était bien Claire, même si elle ne se ressemblait pas trop.

De nue et allongée, Claire devint assise et habillée – enfin, très légèrement. Elle implorait Manon d'envie, qui était debout devant elle. Elle suppliait bien, se félicitait Manon. D'un même geste, elle arracha cette jupe étroite et écarta en grand les cuisses de Claire. Celle-ci, évidemment, se montra très satisfaite de ce développement. Et Manon, pataude, dut s'interrompre. Comment donne-t-on à une femme ? Recevoir, elle voyait bien. Mais donner ? Sa main avait perdu son but, détachée et glissant le long du bassin.

Manon continuait à s'interroger, la libido heurtée de manquer d'informations pour aller à son terme. Elle voulut se toucher comme s'il s'agissait du corps de Claire, mais la peau se reconnaît. Elle tenait un filon de moiteur, et ne savait pas comment s'y engouffrer. Il y avait Claire, il y avait du désir. Alors petit à petit, par glissement d'images qui s'acceptent en plusieurs fois, elle arrêta d'être Manon. À tâtons et avec précaution, elle devint Claire se délivrant longuement sous ses propres caresses.

*

— Je te préviens, ce que tu chopes ici reste ici.

Pascal ne montrait pas ses dents, et c'était suffisamment rare pour s'en méfier.

— Et fais pas semblant de pas comprendre.

Et pourtant. Dans le doute, elle descendit aux vestiaires.

C'était une soirée à thème. Manon enfila une tenue en latex noir. Après un mois de décembre catastrophique et un mois de janvier peu concluant, Pascal avait décidé d'organiser de temps en temps des soirées spéciales pour renflouer les caisses. Hier, les uniformes ; aujourd'hui, cuir et latex. Le marché est porteur et les tarifs à l'entrée plus élevés. Trois filles étaient spécialisées ; les autres n'avaient qu'à se donner des fessées sur scène de temps à autre pour parfaire le décor.

Manon n'était pas venue depuis plus d'un mois. Avec les deux Bers et Patrick, elle avait réussi à vivoter. Puis Patrick l'avait éconduite, laissant entendre qu'il avait rencontré une autre amie, comme il disait. C'est versatile un client, ça aime et soudain, ça ne vient plus. Elle s'était d'abord promis de le rappeler de temps en temps, au cas où l'envie de l'autre lui passerait. Et finalement, ruminant son désistement, elle avait décidé de l'ignorer s'ils se rencontraient au cabaret.

Becky était au pays, et aucun visage n'était familier à part Vanda, occupée à se forger un air mauvais. Dès qu'il y a moins de clients, c'est un peu plus la guerre, et avec toutes ces nouvelles, Manon n'avait plus de repères. Qu'est-ce que ça tenait chaud, le latex, et quel boucan ça produisait dès qu'elle se déplaçait.

Pascal saisit Manon par le bras.

— Tu vas aller dans la cage.

En montrant du doigt un podium qu'il avait enfermé dans une cage à barreaux en aluminium gondolé. Il n'y avait pas l'espace de se tenir debout.

— Mais je vais rester là-dedans combien de temps ?

— On fera un roulement toutes les deux, trois heures. Mets ça.

Il tendit un loup dont les yeux étaient si bridés qu'on ne verrait pas les siens.

— Et essaie de ne pas trop t'appuyer sur les côtés, je suis pas sûr que ça tienne.

Elle détailla le décor improvisé par Pascal. Des cordes et des chaînes pendaient des miroirs. Près des liqueurs, un vase contenait des martinets et des cravaches noires. Manon espérait que les clients de la nuit auraient surtout le goût du déguisement. Parce que pour ceux dont la sexualité s'articulait sincèrement dans ce registre, c'était insultant.

Pascal regarda Manon bien en face.

— On me l'a dit, que tu voyais mes clients la journée. C'est pas correct ça, Irina. Ceux que tu vois la journée, ils viennent pas ici le soir. Tout se sait. L'ombre, ça se fait pas.

Manon se demandait lequel avait vendu la mèche. Patrick ? Pas son genre. Et puis qu'en savait-elle, après tout, de son genre ? Pascal durcit son regard et Manon releva machinalement :

— L'ombre ?

Une fille approcha. Ses jambes démesurément longues rapetissaient le haut de son corps. Pascal gonfla le torse, et poursuivit :

— Bah, l'ombre, qu'est-ce qu'elle fait l'après-midi, hein ? Hein ? Réfléchis.

Il renchérit immédiatement :

— Tu trouves pas, hein ? Tu trouves pas. Tu vas pas trouver. Laisse tomber, tu vas pas trouver.

Manon ne dit rien.

— Eh bien, l'ombre, Irina (il disait Irina mais il regardait la fille au corps d'araignée), l'ombre, comme toi, elle s'allonge l'après-midi.

Manon dévisageait Pascal et son front étiré d'être si content de lui. Elle fut encore plus surprise quand la fille éclata de rire. Manon eut envie de lui dire qu'elle n'était pas obligée, mais profita de l'inattention de Pascal pour tourner les talons.

À quatre pattes derrière le loup et les barreaux, elle regardait le cabaret se remplir. Cuir, latex et vinyle tenaient lieu de l'obligatoire costard. La foule s'épaissit plus tôt qu'à l'habitude. Joy Division avait remplacé Donna Summer. Certains dansaient devant la cage. Elle faisait partie du décor plutôt que du spectacle. C'était reposant.

Pour la première fois, il vint également quelques femmes, accompagnant Monsieur. Des civiles, pas des travailleuses. Leurs traits s'irradiaient du frisson de l'encanaillement. Certains mentons se crispaient au défilé des employées, habituées à caresser les hommes de leurs nudités très assumées.

Derrière le bar, le visage de Pascal frôlait celui de la fille araignée. Elle semblait l'autoriser à la désirer si ouvertement. Pascal regarda furtivement dans la direction de Manon, qui tourna aussitôt la tête. Quelques minutes plus tard, l'araignée se dirigea aux toilettes, suivie de peu par Pascal.

Sur scène, une fille enrobée dansait somptueusement. Ses pieds n'étaient plus que cambrure, les orteils touchant à peine le sol devant des talons effilés en aiguilles. Elle bougeait à petits pas très contrôlés, mettant gracieusement en mouvement l'entrave de ses pieds.

Un couple emporta champagne et hôtesse à l'étage sous la bénédiction d'un Pascal revenu derrière le bar légèrement décoiffé. Il fit enfin signe à Manon du roulement à venir. Contente d'être libérée, elle se balada parmi les salles du club. Elle s'approcha de plusieurs employées papotant sur un canapé. Elles l'ignorèrent. Manon continua à déambuler. Elle n'arrivait pas à se résoudre à se mettre au travail. Elle regardait passer les clients d'un air suffisamment morne pour qu'ils ne se risquent pas. En longeant le bar, elle entendit Pascal parler à un client, avec l'intonation de celui qui en tient une bien bonne.

— Non, parce que tu vois, l'ombre, elle fait quoi l'après-midi ?

Elle traîna encore un peu, puis, lasse, descendit aux vestiaires dans l'idée de prendre une pause. Sur le seuil, cachée par un manteau, Manon aperçut trois filles et un goût de violence qui la fit hésiter à entrer. Elle se terra pour regarder. L'araignée et une comparse tenaient une troisième par les bras, les mains affairées vers sa culotte baissée. Elles lui parlaient à voix basse et menaçante dans une langue que Manon ne comprenait pas. Malgré le quasi-immobilisme, la scène suintait la brutalité non désirée. À la faveur d'un mouvement de cheveux, Manon surprit le regard de peur et d'horreur de la fille du milieu.

Le plus discrètement possible, Manon fila vers le haut des escaliers. Il fallait le dire à Pascal. Elle fonça vers le bar, mais dévia sa trajectoire au dernier moment. L'araignée était maligne. La petite ancienneté de Manon ne ferait pas le poids face à une histoire de cul. Pas téméraire, et sans envie de subir le même sort, Manon attendit que les filles remontent. L'apeurée courut vers la salle du fond, cachant son visage par un rideau de cheveux. Les deux autres vinrent promener leurs sourires devant le bar. Pascal suçait du regard sa complice des toilettes. Manon se dépêcha en bas et s'extirpa tant bien que mal du latex collant. Elle réunit ses affaires et s'enfuit sans demander son dû.

*

Les semaines d'après disparurent dans l'asthénie d'une vie dont le travail est le seul relief. D'autant qu'il y en avait peu. Il y avait Bernard, il y avait Bertrand, soit à peine assez pour subir l'oisiveté de ces longues plages en solitaire. Comment noue-t-on des amitiés nouvelles dans une capitale ? Manon arpentait les rues et les quartiers, les parcs et les librairies. Elle sentait la présence des hommes autour d'elle, partout et où qu'elle aille. Elle pensait qu'elle pourrait coucher avec tous. Un par un et n'importe lequel ; c'était en son pouvoir ; elle en serait capable. Elle évitait leurs regards, par peur de s'appliquer à contenter leur désir si elle le voyait de trop près. Parfois, en marchant, surtout le soir, elle entendait une présence derrière elle ; elle se retournait, et repérait l'éclat d'une cigarette la poursuivant ; elle s'arrêtait et prétendait chercher quelque chose dans son sac ; elle ne repartait tranquillement qu'une fois le point orangé loin devant.

Dans les boutiques ou au café, il arrivait que la serveuse ou la vendeuse lui raconte en passant une anecdote de travail, fasse un brin d'humour ou produise un commentaire qui engage la discussion. Cela arrivait même quand Manon n'achetait rien ; alors, et d'autant plus, elle s'empressait de répondre en posant des questions. Systématiquement, l'échange tarissait au bout de quelques phrases. Que fallait-il dire alors ? Viens déjeuner chez moi demain ? Veux-tu être mon amie ? Elle essayait de prolonger les derniers propos en hochant la tête. La serveuse ou la vendeuse allait s'occuper de quelqu'un d'autre.

Alors Manon attendait, chez elle. Elle se badigeonnait de crème, des dizaines de crèmes. Il y a des crèmes pour chaque partie du corps, et on n'irait pas mettre de la crème à genou sur les cernes des yeux. De la crème à la rose, de la crème aux iris, de la crème à l'amande, de la crème à l'avocat et de la crème à la papaye. De la crème partout ; un pot-pourri crémeux. N'empêche, elle attendait. Elle attendait d'être touchée, et sentir la chaleur d'un Ber contre sa peau. C'est toujours triste quand il n'y a plus que le travail.

Bertrand l'avait appelée comme on appelle un service d'urgence. SOS Irina, sonné-arrivé. Dans son deux-pièces de vieil étudiant – des pâtes dans la cuisine et des papiers partout –, elle s'était attablée, attendant qu'il serve le porto.

— Alors, raconte, comment ça s'est passé ton rendez-vous chez le médecin ?

Il raconta. Elle regardait les pointes des bottes qu'elle avait achetées la veille. Des jolies bottes en cuir noir qu'elle cachait sous un pantalon, parce qu'avec une jupe c'était un peu olé olé. Irina avait montré tout ce qu'il y avait à voir, et Manon mettait un point d'honneur à s'habiller très convenablement.

— Eh ben, tu m'écoutes pas ?

— Non.

Elle lui sourit.

— Comment tu les trouves mes bottes, je les ai achetées hier. Attends, je vais mieux te montrer.

Elle ôta son pantalon, et exposa un pied chaussé tendu en avant. Bertrand regarda attentivement.

— Et alors, tu t'es déguisée en pute aujourd'hui ?

— Et toi, tu t'es déguisé en connard aujourd'hui ?

Bertrand déboutonna son jean et attrapa Manon par les fesses, l'entraînant vers le lit.

— T'es un romantique, toi.

Assis au bord du lit, le bras tendu, il s'évertua longtemps à agiter le bout de son doigt un peu trop bas. Manon ne prit pas la peine de rectifier, la tête tombée en arrière. Ça la brûlait, elle attendait, se laissant bercer par sa musique soupirée. Au bout d'un moment, Bertrand l'escalada.

Elle détaillait le réseau de veines rouges et violacées de ses oreilles contre le jour. Dans la catégorie client, Bertrand était correct. Régulier, pas compliqué. La semaine dernière, devant le porto, il était tombé des nues. Elle avait dû répéter plusieurs fois qu'elle n'avait pas de mac. Il ne la croyait pas. Sur le coup, Manon s'en était amusée, puis n'y avait plus pensé. C'était à son tour de tomber des nues. Elle venait de comprendre. Alors, il s'excitait depuis le début en imaginant qu'elle était forcée, contrainte. Menacée, battue, violée peut-être. Connard. Elle lui rendit son coup de reins. Elle approcha sa prostate du doigt, il indiqua des yeux qu'il ne voulait pas puis poussa malgré lui un grognement d'expulsion. Son visage falot vint s'écraser sur l'épaule de Manon. Elle se dégagea. Après une ou deux minutes, il se redressa en se tapotant les joues.

— T'es libre vendredi après-midi ?

— Non, je serai pas là.

— Tu mens.

— Tu me saoules.

Il approcha son visage des hanches de Manon et passa la main sur sa culotte. Elle se défit pour prendre l'argent sur la table de la cuisine.

— Viens là, mon Irina, mon petit parcours santé.

— Je dois y aller.

— T'es pressée là ? T'as pas le temps d'une petite bière au café d'en bas ?

Elle avait déjà claqué la porte.

En marchant, elle s'entendait sombrer dans une pensée pleine de nœuds. Il n'y avait plus de couleur. Elle n'ôta ni ses chaussures ni son manteau et s'accroupit dans un coin du salon. Le téléphone sonna. Quel jour était-on ? Elle décrocha. On était jeudi. Elle alluma une cigarette. Sa mère parlait, Manon n'écoutait pas. Elle était occupée à s'accrocher au bord du ravin. Comment fait-on ça ? Elle ne le savait pas, mais elle essayait. Elle commençait à sentir des palpitations dans sa poitrine. Sa respiration s'emballait. Comment font les gens ? Elle essayait de se calmer. Elle n'y arriva pas. Elle marmonnait de temps à autre pour que le combiné continue à parler. Les palpitations de sa poitrine gagnèrent la gorge et se coincèrent à l'orée de sa bouche. Manon ne pouvait plus respirer. Elle dit :

— Je peux plus respirer.

Il y eut un moment de silence. Très doucement, sa mère répondit :

— Eh bien, ma chérie, ouvre la fenêtre.

Manon, interloquée, explosa d'un long rire nerveux. Elle était désamorcée. Elle alla ouvrir la fenêtre.

*

Le car approchait de Paris, et Manon ne pensait à rien. En biais du conducteur paisiblement soumis à sa tâche, elle savourait ce nulle part autoroutier entre deux capitales que le décor insipide contribuait encore à ignorer.

Changement de véhicule. La circulation n'était pas fluide ce lundi après-midi. Le pare-brise engloutissait des boulevards familiers. Il y a chaque banc dont elle se rappelle en le voyant passer, et dont le souvenir retourne à son insignifiance aussitôt qu'il s'éloigne de la vitre. Il y a les commerces déconcertants, la surprise, l'agacement ou le reproche de trouver un coiffeur là où il y avait un épicier. Il y a les riverains, des inconnus dont elle croque machinalement les démarches et les allures. Parmi ces passants, surgissaient tour à tour les silhouettes imprécises de ce que Manon pourrait devenir.

Le taxi ralentit.

— Vous y êtes.

— J'y suis.

— Vous voulez de l'aide ?

— Ça va aller.

Manon traîna une valise hors de la voiture, puis deux gros sacs de sport. C'est dingue comme les affaires s'accumulent. Elle n'avait emporté ni meuble ni objet. Seulement sa couette, des vêtements, et quelques livres. Elle avait laissé les tenues du cabaret, la lingerie et les produits de beauté à l'appartement bruxellois. En verrouillant la porte à triple tour, elle avait hurlé en pensée qu'elle y enfermait Irina. Juste après, elle s'était dit qu'en tout cas, c'est ce qu'elle espérait. Aussitôt montée dans le car, elle n'était déjà plus Irina. Elle y pensa comme à une bonne copine, alors elle évitait d'y penser. La clé de l'appartement bruxellois gisait dans la poubelle d'une station-service.

Malgré la fraîcheur de l'air, des percées de soleil annonçaient le printemps. Manon, les pieds entourés de sacs, alluma une cigarette en détaillant la rue Marcadet. Devant la laverie, des enfants décoraient le trottoir avec des craies. Le fou du quartier faisait des révérences à son reflet dans la vitrine d'un magasin. La boulangère, une main sur sa caisse, rêvassait d'un air amoureux. Manon suivit son regard, avec l'intuition de ne pas se tromper. De l'autre côté de la rue, Olivier était adossé contre la porte cochère, le visage offert aux premières éclaircies. En apercevant Manon, il ouvrit grand les bras.

Cet ouvrage a été imprimé en France par

CPI
BUSSIÈRE

à Saint-Amand-Montrond (Cher)
en mars 2013

Les Éditions KERO utilisent des papiers composés de fibres naturelles,
renouvelables, recyclables et fabriquées à partir de bois issu de forêts
qui adoptent un système d'aménagement durable.

N° d'impression : 2001825
Dépôt légal : mars 2013